夏の流れ
丸山健二初期作品集

maruyama kenji
丸山健二

講談社文芸文庫

目次

夏の流れ

丸山健二初期作品集

夏の流れ

一

まだ五時なのに夏の強い朝の光は、カーテンのすきまから一気に差しこんできた。私は毛布を顔までひっぱりあげた。夜の涼しさは消え失せ、次第に、真昼の暑さを取り戻してゆくのがわかった。私はこれ以上眠ることをやめ、毛布を両足でからめのけ、蚊帳《かや》の裾をはねた。眼をあけると蚊帳の緑がしみる。手をのばしてタバコをひきよせる。朝陽《あさひ》を反射した煙が紫色に昇って行く。起きぬけのタバコは頭をくらくらさせた。

家の周囲を走りまわる息子たちの小きざみな足音が聞えてきた。妻はとっくに起きていて、台所でなにかやっていた。

「起きたの――」

台所で妻が言った。

「ああ」と少したってから私は答えた。

子供たちが、なにもかも蹴散らかして、蚊帳の中にとびこんできた。七歳になったばかりの兄が私の首にかじりついた。私は布団の上に仰向けになり、五歳の方を足の裏に乗せ跳ね上げてやった。

「よしなさい。蚊帳が破れるでしょう」

妻は入ってきてそう言うと、蚊帳をはずし、布団をたたんで、ガラス戸をいっぱいに開けた。私は子供たちと窓に腰かけ外を眺めた。空は濃い青で雲は少なく、高い刑務所の塀と低い山裾の間に見える海は白く穏やかな波をひるがえしていた。整然と並んでいる、小さな平屋建てのどの官舎も、皆起きてるようだった。気の早いあぶら蟬がじりじり鳴き始めた。

「今日も暑くなるな」と私が言った。

「そうね。夏ですもの」

妻はハタキをかけながら答えた。

実際、今年の夏はひどい暑さで、もう幾日も雨が降っておらず、なにもかも乾ききり、日中の暑さを思うと、今からうんざりした。

子供が新聞を取りに、玄関へ走って行った。妻は掃除をおえ、折りたたみのテーブルをひろげて、朝食の用意をしていた。私は妻の腹をちょっと見た。だいぶ大きくなったと思い、台所に行って歯を磨き、口をゆすいだ。夜のうちに冷えた水道の水は気持ち良かった。子供たちも脇にきて顔を洗った。私はタオルを針金にかけ、柱の細長い鏡で自分の顔を見た。子供がそれを見て笑った。それで、もっとおかしな顔をしてみせた。また、子供たちが笑った。

朝食の時、妻は子供の食べ散らかしを拾ったり、水をついだりで、忙しかった。

「お前、まだ食べられないのか？」と私が言った。

「だって朝は無理よ」

「何か食べておいたほうがいいぞ」

「いつ生まれるの？」

チビが茶碗から顔を上げて言った。それがだしぬけだったので、私も妻も笑った。

「あと三ヵ月——雪の降る頃よ」

「女の子がいいな」

兄が口を入れる。

「そうだといいのにね？」妻は私にきいた。「あなたはどっち？」

「そんなこと言っても始まらんさ」

「ただきいてみただけよ……あなた男の子だといいと思ってるんでしょう」

「ああ」と私は言った。「男がいいよ。手間がかからなくてな」

「だって三人目でしょう。今度は女の子欲しいわ」

「……」

「ねえ、聞いてるの」

「聞いてるよ」

「また、新しい人でも入るの？」妻は言って、私の読んでいる新聞を、上からのぞきこんだ。子供たちも両側から写真を見た。

「誰も入りゃしないよ」と私は言って、新聞をたたんだ。

「この前入った人どうしてるの？」

また、妻がきく。

「誰？」

「親子二人殺した人よ。ほら体の大きい」

「あいつか。おとなしいもんさ」

「そう。きっと平気なのね。子供まで殺したんでしょう、ひどい人ね」

「まあな」

「人間じゃないわね」

「人間さ。出かけるぞ」

私は面倒になって立ち上がった。起床を告げる刑務所のサイレンがばかでかく鳴った。

子供たちは表に出て行った。

私は洋服ダンスを開け、薄茶の制服を着てネクタイを締めた。二日目は汗臭かった。妻はハンガーからズボンをはずし、軽くブラシでこすってよこした。

「帽子かぶりなさいよ」と妻が言う。

「家の中からかぶることないだろう。どうせ一日中かぶっているんだから」

私は玄関に出て靴をはいた。妻は大きな白いハンカチをたたみ、ズボンの後のポケットに入れた。

「気をつけて」と妻。

「ああ。それよりお前は大丈夫か?」

「別になんともないわ」

「気分悪くなったら医者に行けよ」

「それくらいわかってますよ。初めてじゃないもの」

「うん、じゃ行ってくる」

家を出ると、狭い道で遊んでいた子供たちが両腕にぶら下がってきた。

「角までよ――」

後から妻が叫んだ。子供はぶら下がりながら、両足をバタバタ動かすので、舗装されていない道は土埃がたった。

「釣に連れてってよ」

兄の方が私を見上げて言った。

「そのうちな」

「そのうちっていつ?」

「学校に行くようになったらだ」

「じゃ海に行こう」

「海に行く――」

「よし行こう」

「いつ?」

「次の次の休みだ」

「次はどうして駄目?」

「釣に行くからさ。さあ帰れ。ここまでだぞ」

「もっと行く」

「駄目だ。帰れ」

広い舗装された道路に出た。車はまだ走っていなかった。

「遠くに行くなよ」

「うん」

子供たちは次の遊びに、来た道を帰った。私は制帽をかぶりなおし、刑務所で行き止まりになっている広い道を歩いた。アスファルトの道は、靴や車輪の跡がいくつも付いていたが、今はまだ固まっていた。

凪《なぎ》が終って、海から少しずつ風が吹いてきた。道路脇の作りかけの官舎に、数人の大工がタバコを吸って立ち話をしていた。近くまで行くと、大工たちは黙り、通り過ぎるまで私を見ていた。

道路が終り、高い塀と太い門柱が行く手をさえぎる。レンガの門柱のひとつは、中を丸くえぐってあり、門衛室になっていた。

所内の木立から蟬の声が聞えてきた。赤く錆びた鉄の大扉は閉じたままだった。堀の水は汚く、流れの止まった水面には青光りする油が浮いて、絶えず、底からガスが浮き上がっていた。

私は、取りはずしのできる小さな鉄板の橋を渡り、門衛に声をかけた。

「お早よう」

「今日も暑そうですね」

太った門衛は大儀そうに言った。

私は門衛にくぐり戸を開けて貰い、中に入った。ここからは別の世界だった。中には、あぶら蟬の騒いでいる杉が、林のようにたくさんあった。しかし林と違って、下に藪などはなく、木立の幹はスッと地面まで見ることができた。私はそこを抜けて、レンガを埋めこんだ古い道を歩いた。人の声はなく、知った看守にも出合わない。やがて道はなだらかな坂になり、下りると、高いコンクリートの塀は杉の木立に隠れた。そしてグラウンドに出た。グラウンドは広く、手入れの届いた芝生が、緑に輝いていた。周囲を高い急斜面の土手がとりまいて、ここから見えるものと言えば、芝生と空だけだった。

私は、いつものように、近道するため、芝生を踏んで、一番外れの建物に向って歩いた。グラウンドの中程まで来たとき、土手をえぐったトンネルから、一般の囚人がぞろぞろ出て来た。五十人位いる。どの囚人の頭も、今、刈られたばかりで白く光っていた。全員、ランニングシャツに白っぽいズボンを膝までまくりあげ、脇にしずくの垂れる洗濯物を抱えていた。

看守のホイッスルが短く鳴った。囚人たちはその合図で、蟻のように一斉に散らばり、自分の洗濯物を芝生の上に広げはじめた。風は土手の上を通過するので、洗濯物が吹き飛ばされることはなかった。芝生の四分の一くらいが洗濯物で白く埋められた。囚人たちはその作業を終えると、元通りきちっと列を組み、次のホイッスルで、来た道を畑の手入れに帰って行った。

グラウンドを横切ると、背中が汗ばみ顔からも汗が吹き出た。石段を上って、バラ線で二重に囲んだ、死刑囚専用のレンガ造りの建物までできた。そこには木や芝生など、余計な植物は何も無い。かわりに白い砂が、建物の周囲にびっしりまかれ、その上を朝夕交替で看守たちがほうきでもって掃いていた。その他は詰所が一つと、錆止めの茶色いペンキを塗った鉄骨で組んだ監視塔が一つあるだけだ。監視塔には誰もおらず、かわりに雨よけの付いた探照燈と、ラッパ型のスピーカーが四方を見ている。

詰所には、見なれぬ若い看守がいた。詰所は狭く、屋根はあっても白い砂の照り返しでひどく暑そうだった。私が行くと、その若い看守は帽子の間にはさんでいたハンカチを後に隠し、敬礼して言った。

「お早ようございます」

「暑いな」

「ええ」

「交替は何時だ」

「三時です」

「一番暑い時間だな」

「ええ」

「いつもそうか？」

「はい」

「ご苦労だな」

「いえ、務めですから」

「扇風機入れるように言っておくよ」

「助かります」

「もっともその時にゃ雪が降ってるかも知れんがな」

「……なぜですか？」

「うん、まあいいよ。ハンカチ使えよ」

「どうも」

私は焼けた砂の上を歩き、この建物のただ一つの出入口である、小さな鉄の扉の前まできて、呼び鈴のボタンを押した。しばらく待って、金網をはった四角な覗き窓のふたが開き、汗ばんだ眼と鼻がでた。ふたはすぐ閉じ、扉の向うで鍵束がガチャガチャ鳴って、開いた。

堀部だった。

「よお」

堀部は扉を閉め、鍵を抜き取り、元気よく言った。堀部はいつも快活だった。

「暑いな」と私は言った。

「そうか。中はそうでもないよ」

堀部は私を見て言った。私はズボンのポケットからハンカチを出し、帽子をとって汗を拭いた。

二人は、ひんやりした廊下を通り、看守の控え室に入った。私はこの部屋が好きだった。涼しいし、それに清潔だった。

他の看守は勤務中で、部屋には私と堀部だけだった。強い日射しは、厚い緑のカーテンがさえぎり、天井の新しい扇風機が柔らかく空気をかきまぜていた。

「麦茶飲むか？」と堀部が言った。

まだあるのかと思い、私はテーブルを見る。

「泊りの奴らの残りさ」と堀部。

「貰おう」

「これで氷でもあればな」

堀部はそう言って、青いビニールのクロスを敷いたテーブルから魔法瓶を取り、湯呑み茶碗についでくれた。私はそれを一息に飲んだ。苦味がありなまぬるかった。堀部はもう一杯ついでくれ、自分でも飲んだ。

「来週はもっと上に行かないか」と堀部が言った。

「なんのことだ」

「釣の話に決まってるさ。俺たちになにかほかの話でもあるかい？」

「今の場所でもよく釣れるだろう」

私は半分飲み残した茶碗をテーブルに置き、ソファに腰をおろした。

「そいつはそうだがな、小型ばかりじゃ面白くないよ。数ばっかり多くって」

「この前釣ったのどうした?」

「あれか。無理して半分食べたけど、残りは冷蔵庫だ」

そう言って、堀部も向いのソファに腰を沈める。

「夏は腐りが早いぞ」

「もう腐りかけてるよ。お前のところみたいに子供でもいればな」と堀部が言った。

「うるさくてかなわんよ」

「少しくらいうるさいほうがいいよ。また生まれるんだろう?」

「ああ、三人目だ」

「いいなあ一人くらいこっちへよこせよ」と堀部は言って、笑った。

「そのうちお前のとこだって生まれるんだ」

「駄目だ。もうあきらめてるよ」

「じゃ今度は上に行くか」と私。

「蚊鉤《かばり》なんかじゃ駄目だぞ」

「そんなにでかいのか?」

「この前見てきたんだ」

「じゃ、みみずと両方持ってくよ」

廊下に誰かの足音がした。

「あれ誰かわかるか?」と堀部は私を見てきいた。

「わかるもんか?」

「中川だよ」

「どうしてわかる?」

「奴はいつもひきずるんだ」

足音が止まってドアが開いた。中川だ。

「早いですね」

中川は私と堀部を交互に見て言った。

「どうだ、少しは慣れたか?」

堀部はにやついて、中川にきいた。

「ええ……なんとか」

中川は、私のついでやった最後の麦茶を少しずつ飲みながら答えた。

「心配するな」堀部が言った。「なにも並の奴と変りゃしないよ。楽にしてな楽に」

「ええ……でも」

「なんだ?」

「……ちょっと、僕を見る眼付きが違うように思えるんです」

「誰と違うんだ」

「一般の囚人とです」

「気のせいだよ」

「そうでしょうか」

「そうさ」と堀部は言った。「何かあったのか?」

「いえ、別に……」

「あ、あいつだろう?」

「ええ」

「あいつって誰だい?」と私。

「この前入った奴さ」

「あれか。何かするのか?」

私は、今朝、妻とその死刑囚の話をしたことを思い出していた。

「あんな奴相手にするな」と堀部は中川に言った。「あまりびくついてるとなめられちまうぞ」

中川はそれに答えず、拳銃と警棒をはずし、ガラス張りのケースを開け、自分の名札のはってある釘に、それらを掛けた。

「中川なあ、今度俺たちと釣に行かないか?」と私が言った。

「そいつはいいや。そうしなよ」と堀部も言う。

「釣ですか?」

「そうさ、釣だ」

「でも、僕は道具もありませんし――」

「道具なんていらんさ。俺たちの使えばいいよ」

「何かほかにすることでもあるのか」

「いえ、別に――」

「じゃあ行こう」

「ええ、お願いします」

「よし決まった。何も要らんからな。弁当を作ってやるよ。なあ、佐々木」

堀部はにやりと笑って私に言った。

サイレンが鳴って遠くの蝉が黙った。中川はドアを開け、下宿に帰って行った。

「なるほどな。少し引きずる」と私が言った。

「だろう」

私と堀部はソファから起き、ガラスケースから自分の拳銃をだし、装塡《そうてん》してからベルトを腰に締めた。堀部は部屋の等身大の鏡を見て、帽子のつばにちょっと手をやった。私は扇風機のスイッチを切り、二人は部屋を出た。

廊下の蛍光燈は一本消えかかり点滅をくりかえしていた。二人は廊下の行き止まりにある鉄格子の扉を叩いて開けて貰い、もう一つの扉を通った。

「ご苦労さま」

「外は暑いでしょう」

「暑い」

私と堀部は中の看守と短い挨拶をし、小声で簡単に引継ぎをすませた。私と堀部の替りに、二人の看守が帰って行った。

この建物は死刑囚の人数のわりに広く、天井は吹き抜けで、両側に二段ずつ独房が続き、取り外しのできる鉄パイプの階段と、下から透けて見える鉄板の廊下があった。そのため、どこにいようと、一個所から全体を見渡すことができ、なるべく死角が少ないように設計されていた。

私と堀部は右側の階段を上った。他の看守は自分の部署でじっとしていた。私は手前の壁に、堀部は向い側の突きあたりに、背をもたせた。看守たちは次の運動の時間までずることがなかった。それで互の顔を見合ったり、ハンカチでやたらに汗を拭いたりしていた。しかし、私も堀部も時間潰しには、結核患者と同じくらいに慣れていた。眼を開けていても、視界を何かが横切らない限り、別の事を考えていればいいのだ。私の視線は壁にもたれるとすぐぼやけ、頭が勝手に働きだした。まず釣のことを思った。最近では、初めにいつも釣のことだ。

――そこはいつも釣る場所で、大きな楓の木がかぶさり、静かで、涼しかった。私は、そこから上流を思ってみた。上流に行くなど、堀部に言われるまで考えてもみなかった。いつも同じ場所で飽きなかったのが不思議だ。よし、もっと上に行ってみよう。堀部の言うようにでかいのが釣れるかも知れん。それに今度は中川も一緒だ。奴は行くかな？　あまり好きじゃなさそうだな。でも行ったほうがいい。第一涼しいし、それに気が紛れる。中川には気晴らしが必要だ。そうだ気晴らしだ。やっぱり、連れて行ったほうがいい。

――

釣のことはそれで終り、次は今度の赤ん坊を考えていた。

――三人目か。多過ぎるかな？　多いな。これ以上殖えたら食えなくなるぞ。上のはそろそろ学校に行くし……少し働いて貯えるか。今のままじゃたまりそうにないな。一ヵ月に三回位あの当番が回ってきたらな。特別手当でなんとかやっていけるんだが。俺はなにを考えてるんだ。あんな当番なぞないほうがいいのに。ああ、いいさ。なんとかなるさ。

――

そこで頭は、再び、釣に戻った。

電気時計がチンチン鳴った。当番のホイッスルが部屋中に響いた。囚人たちの体操の時間だ。囚人の誰かの大あくびと、自分の部屋の壁にぶつかる音が、いくつも聞えた。

次のホイッスルで、看守たちは扉を開けて行った。私も受け持ちの、二階の片側を半分まで開け、ちょうど真中で堀部と会った。三回目のホイッスルで囚人が出てきた。

囚人たちは夏用の服を着、後を向いて、自分の扉の前に整列した。

「喋っちゃいかん。喋るなっ」

「唾を吐くな」

看守の誰かがわめいた。その声をホイッスルが消し、身体検査にかかった。

囚人は自分の部屋の扉に両手をあて、腰をかがめる。夏のこの仕事は、囚人の脇の臭気が手に移って嫌だった。堀部が例の囚人に何か小声で喋りながら、足の方にぽんぽん手をあててるのが見えた。その囚人は真直ぐ扉の一個所を見て、堀部のなすままにさせていた。看守たちは身体検査をおえると、囚人を一列に並べた。私の受け持ちの列は、私が先頭にたち、堀部が後から囚人をはさんで、鉄の階段を下りた。初めの頃、私は囚人に背を向けると、頭の後と背中に寒気がしたものだった。

階下で他の列が行き過ぎるのを待ち、トンネルの通路を抜けて外に出た。

高く昇った陽に、皆手をかざして眼をおおった。そこの運動場は、一般の囚人が野球をしたりラグビーをする、広い芝生のグラウンドとは違い、狭い土地をコンクリートの塀で扇形に区切ってあり、要《かなめ》にあたる部分に監視台があった。そこから見ると、多くの囚人でも一人で監視することができた。今日の監視は私と堀部の番だった。他の看守は一区切りに二人ずつ囚人を入れ、鉄格子の扉に鍵を掛けた。そして、そこに私と堀部を残して控え室にひきあげた。

監視台のコンクリートに埋め込まれた鉄製の椅子は、熱く焼けていて、とても坐れたものではなかった。私は帽子をかぶりなおし、立ったまま、監視を続けた。囚人は与えられたそれぞれの区切りの中で、勝手な体操を始めた。シャツを脱ぎ、裸のまま地面に仰向けになって日光浴をする者、むやみに跳ね廻る者、軍隊で覚えた徒手体操をする者、それはまるで保健所に集められたのら犬だった。

「話をするなっ」と堀部が怒鳴った。

囚人たちは仕切りの壁で隣の奴が見えず、誰が怒鳴られたかわからないので、一斉にこっちを見た。しかし囚人たちは、よほど大声で喋らないかぎり、看守がわざわざ鍵をあけてまで中へ入ってこないことを知っていた。それで腕を振り回したり兎跳びをしながら一緒の奴とぼそぼそ話を続けた。

「この暑いのによく動きまわれるな」堀部が言った。

「気が紛れるからさ。動いてる間だけな」

「そういうもんかな」

「そうさ」と私は言った。「俺たちの釣と同じだよ」

堀部は、コンクリートの台に片足をかけ、例の囚人を見た。

「さっき、奴に何言ってたんだ」と私はきいた。

「あれか。若い看守をなめるなって――」

「そう言ったのか」

「うん」堀部は囚人を見たままうなずく。

「若い看守って中川のことか？」

「まあそうだ」

「それで奴は何か言ったか？」

「別に……あんな眼付きしただけだ」と堀部は言って、顎をしゃくり、例の囚人を示した。その囚人は体操をやめて壁にもたれ、手の平で顔の汗を拭いながら、時々、横眼でこっちを見た。

「何かしでかすって顔だな」と私が言った。

「ここでか？　ここで奴に何ができる？　あんな眼付きがせいぜいってとこさ」

まだその囚人はこっちを見ていた。私は、眼を見続けられ視線をそらしたが、堀部は見ていた。すると、その囚人は短い髪を手で払い、頭の汗を落しながらこっちに向ってゆっくりと歩いてきた。そして、焼けた鉄格子を掴み、私たちを見た。堀部が扉に近づいた。

「何か用か？」堀部は囚人に言った。「用がなかったら向うへ行ってろ」

「ここにいちゃいけねえのか」と囚人は言った。

「相手にするな」と私。

「なんで俺たちを見る?」

　又、堀部が言った。他の囚人はわざとこっちを見てなかった。

「見ちゃいけねえ規則でもあるってえのか?」と囚人は堀部に近い方の鉄格子を摑みなおして言った。

「なにっ、この人でなしめっ。一人前の口をきくなっ」

　堀部はできるだけ声を押えて言った。

「人でなしはお前らさ」と囚人は言った。「もう何人締め殺したんだ。え? 俺をやりゃどの位貰えるんだ? 安月給でご苦労なこったな」

「やめろ、堀部。ほっておけ」

　堀部は囚人を睨み、顔中の筋肉をピクピク引きつらせた。そして腰の警棒に手をかけたが抜きはしなかった。私はもう一度堀部を呼んだ。堀部は頭をまわして私を見、それから囚人に背を向け、こっちへ来た。その囚人はしばらく私たちを見ていたが、やがてゆっくり元の壁まで歩き、坐りこんだ。

「あの野郎のときは俺がやってやる」堀部は汗の消えた白い顔で、私に言った。

「そう怒るな。どっちみち今度は奴の番だよ」

「誰にきいた?」

「主任が喋っていたな」

「今度の当番は誰だ？」

「俺だよ」

「もう一人は？」

「奴だ」

「奴って？」

「中川さ」

「もうやらせるのか」

「どうせいつかはやらなきゃいけないんだ、早い方がいい」と私は言った。

「それも主任が言ったのか？」

「ああ、前に酒飲んだときな。みんな喋っちゃったよ」

「じゃあ、間違いないな」

「俺は中川なんかよりお前と組みたかったんだがな」

「俺と替えてくれないかな。あの野郎め」

堀部はさっきの囚人を見ながら言った。

囚人は狭い地面に少しはえていた草を一本むしり、二三回茎を噛んで、青い汁と一緒に唾を吐いた。

「駄目さ」と私は言った。

「そうだな」

堀部は摑んでいた警棒の汗を、ハンカチで拭きとった。遠くの蟬が、海鳴りと溶けあって聞えた。死刑囚の体操終了のベルが鳴り、休んでいた看守たちが白い砂を踏み鳴らして、こっちに歩いて来た。

二

それから二日程して、例の囚人の死刑執行日が決まった。面会人はなかった。弁護士も来なかった。珍しいと言えば珍しかった。

死刑囚は皆、詩や短歌などを習わされていたが、その囚人は文字を知らないので鉛筆を取らなかった。

いつものように私は、二階のつきあたりに身をもたせていた。あと三十分したら囚人を風呂に入れる時間だった。それで今日の勤務は終る。

私の向い側に、手を後にきちんと組んだ中川が立っていた。今日は特別暑く、じっとしていても汗はにじみ出てきた。私はシャツが皮膚にへばりつかないよう、ときどきシャツをひっぱって、すきまから息を吹きつけた。中川は体を強ばらせ、全く動かなかった。私はあの囚人の部屋の扉に眼をやった。中川も眼玉だけまわして見ているようだった。階下の看守は、思い出したように靴音をたて、囚人の各部屋をそっとのぞきまわった。看守も囚人も、この暑さにはまいっていた。どこかの部屋で、寝返りをうつときのシャツの摩れる音がした。向いの中川がちょっと動いたので、頭は、中川のことを考え始めた。

執行に初めて立ち会う看守と組みになるのは嫌なことだった。つまらない、ささいな事がうまく運ばないし、そんなときに限って、だるいような、不安な妙な気分になった。

——まあ、いいさ、最初だけだから。俺も初めての時はあんなふうだったかな。いや違う。もっと平気だったな。あんなふうにうろたえはしなかった。中川もそのうちわかるだろうさ。何を？　俺は一体何がわかってるってんだ？　……何もわかっちゃいないくせに。慣れて感じなくなっただけさ。でも今の俺は中川なんかとは違う。確かに違うはずだ。あんな若造と同じでたまるか。やはり俺には何かがわかっているんだろう。きっとそうだ。こんなことはそんなにむきになることじゃないんだ。どうでもいいことさ。どうでも。とにかく中川を釣に連れて行かなくちゃ。そうすれば気が晴れて元通りになるさ。よし中川をひっぱって行こう。——

それから明日持って行く、釣竿や鉤や餌のことなどを考えた。時間は早く過ぎた。

ベルが短く響いて、それからホイッスルが長く二度鳴った。看守は姿勢をただし、次の動作を待った。どの部屋からも囚人の立ち上がる、がさついた音がした。中川は階上の囚人の数だけ、ポリエチレンの洗面器を取りに、階段をおりて行った。その間に、私は受け持ちの部屋をのぞいてまわり、囚人が起きているかを確かめた。例の囚人は正坐していたが、熱く鋭い眼で私を睨みつけた。

また、ホイッスルが鳴った。看守は、扉の鍵穴に鍵をさしこみ、部屋を全部開けた。急にやかましくなった。一斉に、囚人は部屋を出た。私はまた扉を閉めて歩き、中川は洗面器を配った。次に中川が向うから、私がこっちから囚人の身体検査を始めた。私は中川をあの囚人に近づけてはまずいと思い、作業を急いだ。だが、中川の方が早かった。中川がその囚人の脇の下に手をあてるのが見えた。何か暴力的な事が起きる時の焦げ臭い感じがした。

青い洗面器がくるくる宙を飛んで下に落ち、安物の石鹸が床を滑って、ちょうど入ってきた主任の足元で止まった。主任は上を見て、胸のポケットからホイッスルをだし、けたたましく吹いた。そして非常ベルのボタンのある部屋のすみまで走りよった。それでもボタンは押さなかった。

中川は片ひざを付き、右手は手すりを摑んでいて、その囚人に更に強く腹を蹴り上げられているところだった。

「誰も動くなっ。そのままにしていろっ」看守たちはてんでに警棒を抜き、他の囚人を部屋の一個所に集め、取り囲んだ。

「ここに来る奴は撃ち殺す」

主任は入口に立ち、拳銃を抜き、撃鉄を親指で起こして言った。

凡て訓練と同じだった。

私は囚人を押しのけ、狭い通路を一気に走った。その囚人は、中川の拳銃のケースのふたに手をかけている最中だった。私は警棒を振り上げ、かがみこんでいる囚人の後頭部に一撃を加えた。肩までくる手応えがあり、囚人は中川の上に重なって倒れた。反射的に、私はもう一撃しようと警棒を振り上げたが、その必要はなかった。囚人は脳震盪を起こし、頭を垂れ、両足をゼンマイバネのように震わせていた。中川は失神した囚人を押しのけ、蹴られた腹を両手で押えながら立ち上がった。

「手錠を掛けろっ」と私は中川に言った。

手錠は中川に掛けさせたかった。しかし、中川は眼をすえ、白い顔をわなわなさせるだけで、動く意志は全くなかった。私は俯せに倒れている囚人の手を後に回し、自分の手錠をきっちり掛けた。

「全員部屋に戻せ、風呂はなしだ」

主任は拳銃を皮ケースにすっと入れ、ふたを閉じて言った。看守は急いで囚人たちを部屋に戻し、鍵を掛けた。部屋に戻った囚人たちは不満の声をあげ、のぞき窓にしがみついて外のなりゆきを見ていた。他の看守は持ち場に戻り、主任は階段を上ってこっちに来た。

「大丈夫か。怪我は？」

主任は中川にきいた。中川は下を見たまま頭を振った。何か喋ると泣きそうだった。そして足元から細かく震えだし、それが全身に伝わった。

「大丈夫ですよ」と私が替りに答え、中川の肩に手を置くと、びくりと動いて身を引いた。私は腹の中で舌打ちをして、中川の顔を見ると、口から二三本血が引いていた。

「こいつどうします？」

私は意識をとり戻した囚人の手錠を摑んで主任にきいた。

「調べ室に連れて行け」主任は言った。「馬鹿な奴だ。こんなことして日が延びると思ってんのかな」

「でもずっと前の奴は延びたでしょう」と私が言った。

「あれか、ありゃあいつが怪我したからな。それだってたったの三日だけじゃな。こいつにゃ怪我はねえもんな。中川、お前も一緒に行け」

主任は下に降りて行った。

私はその囚人の背中を押し、階段を下りた。中川は少し遅れて後からついてきた。その時ベルが鳴って、夜勤の連中と交替になった。入口を出ると入れ違いに、堀部が別の看守と入ってきた。

「何かあったのか?」堀部は三人を素早く見て、私にきいた。

「暴れたんだ」

「どうして?」と堀部は、下を向いている囚人の顔をのぞきこんで言った。

「中川を殴ったんだ」と私。

「なんで?」

「俺にきいても知らんよ」

「大丈夫か」と堀部は中川に言った。

「何でもないよ」私が替りに答えた。

「そうか。釣はどうする?」

「行くさ。この前みたいに遅れるなよ」

「心配するな。ちゃんと起きるよ」

「じゃ、あしたな。こいつを連れてかなくちゃ」

私は堀部と別れ、囚人の腕をとって廊下に出た。ふりむくと、堀部が囚人を殴る真似をして、声をたてずに笑ってみせた。

三人は廊下から狭いコンクリートの通路を歩き、倉庫のような調べ室に入った。この部屋に来たことは数えるくらいしか覚えがなく、その時の事なども う忘れてしまっていた。

調べ室はかび臭いうえに、窓が無いのでとても蒸し暑かった。木製の机と椅子の脚は、コンクリートの床に埋めこまれていた。私は、その一つだけの椅子に囚人を坐らせた。まださっきの一撃が効いているので、囚人の動作は鈍かった。三人はそのまま黙って待った。汗が出てきた。中川は時々、思い出したように不規則な息を大きくはずませた。遠くからホイッスルが聞えた。やはり風呂に入れるのだろう。そのうち廊下に靴音がしてドアが開き、外の熱気と一緒に、主任と書類を持った細い顔の係官が一人入って来た。係官は、白っぽい背広に灰色のネクタイをきちんと結んでいた。知らない顔だった。

主任は、私と中川をその係官に紹介した。それから主任は部屋を見渡し、急いで外に出て行った。まもなく、どこからかパイプの椅子を一つ持ってきて、それに係官を坐らせた。係官はいったん坐って、すぐ立ち上がり、自分で椅子を囚人の前まで移動させ、坐り直した。

「どうしたんだ?」と係官は中川を真直ぐ見て言った。

「……殴られました……いきなり——」

「なぜだね?」

「………」

「何か君が挑発的なことを言ったのかね」係官は尋問口調になる。

「何も……」

「言わなかったんだね。では、何かしたのかね?」

「別に——」

「しなかったんだね」

「はい……」

「佐々木君だったね。君は見ていたんだろう、その時」

係官は鉛筆をもてあそんで私に尋ねた。

「はい」と私は答えた。

「中川君の言ったとおりかね?」

「そうです」

「それで、押えたのは君だね?」

「はい、一番近くにいましたから」

「どんな風に?」

「警棒を使いました」

「殴ったんだね」

「そうです」

「どこを殴ったのかね?」

「ここのところです」と私は言い、自分の後頭部を手の平で叩いてみせた。係官は首をのばし、うつむいている囚人の同じ個所を見た。その部分の短い毛髪は少し乱れていたが、別に外傷はなかった。

「異状なしか……で、拳銃を奪おうとしたかね？　逃亡かあるいは何かほかの目的で」

係官はカーボン紙をはさんだ薄い書類にボールペンを走らせながら尋ねた。その時、主任が首を強く振って、否定するように、私に合図した。係官はそれに気付かなかった。

「いえ、そんな真似はしませんでした」と私は、はっきり答えた。そう言って自然に中川の右腰に視線をやった。皮ケースのふたは開いていて、撃鉄がのぞいていた。係官もそれをちらりと見たが、何も言わなかった。

その時、囚人が顔をいきなり上げ、腰を半分浮かせると、係官に向ってわめいた。

「でたらめ言うなっ。俺は逃げようとしたんだ。ピストルだって取ろうとしたじゃねえかっ。畜生、きさまたちゃ何が面白いってんだ、ええっ？　畜生共め、寄ってたかって俺を締め殺してなんの得になるってんだっ」

私は囚人の肩を押しつけ腰を降ろさせた。

「お前に聞いているんじゃない」と係官は怒鳴る囚人に静かに、言った。

囚人は係官を睨み、肩をふり払って私の手をのけ、大きく息をした。

「では別に目的は無かったんですね」

「そうです」主任が係官の後で言った。

「中川君の怪我は？」

「たいしたものじゃないです」

「では、これに印を押して」

係官は、書きあげた書類からカーボン紙を抜き、さしだした。私と中川と主任は、ポケットをさぐり、印鑑を出してそれに押した。

「帰ってけっこう」と係官は私と中川に言って、新しい別の書類にカーボン紙をはさんだ。私は中川と部屋を出た。廊下を曲ったとき、囚人の大声がしてそれきり静かになった。

控え室には誰も居なかった。天井の扇風機がゆっくり回っていた。中川はそのままソファに行き、腰を降ろして黙った。私は帽子をとり、拳銃を棚にしまって、窓まで行きカーテンを大きく開けた。陽は落ち始め、光は部屋の奥深く照り込んだ。あぶら蟬はやみ、替りにひぐらしが鳴きだした。

「こんなことだってあるさ」と私は外の景色を眺めて言った。それから中川を見ないようにして自分の机まで行き、引き出しを開けて新しいタバコを取り、爪で封を切って一本くわえた。煙が全身に回った。

「吸うか?」

私はそのタバコを中川にやった。中川は少し頭を上げてそれを取り、下を向いたままスパスパ吸った。灰が床にぼとぼと落ちた。私はべつの一本に火をつけ、自分で吸った。

「気にするな」私は言った。「釣にでも行けば忘れちまうよ」

中川はそれに答えず、短くなったタバコを灰皿に落し、急に立ち上がった。それから腹立たしげに装備を解き、棚にしまうとドアの方に歩いて行った。

「おい、あしたの釣、忘れるなよ」

私は中川の背中に言った。

「……お先します」

ドアがカチャリとしまった。中川の引きずる足音が去って行った。私はドアまで行きかけ、思い直してソファに戻り、二本目のタバコをゆっくり吸った。しばらくそうしていた。

夕凪が終って、風が吹いてきた。私は時計を見て立ち上がり、扇風機のスイッチを切って、部屋を出た。土手のトンネルを通り、グラウンドの芝生に出た時、陽はちょうど沈むところで、空の半分は焼けて真赤だった。芝生の外れに誰かの姿が黒く見えたが、すぐ杉の木立に隠れてしまった。中川に似ていた。

探照燈がゆっくり旋回して、巨大な光の輪が、土手や木立をなめていった。門の広場では、囚人たちの作った木製の椅子や机を運ぶトラックが、数台集まっていた。

家の前まで来ると、息子らが飛び出てきて、私の両腕にぶら下がった。

「お帰りなさい」

妻が台所から言った。二人の息子は私の帽子を奪い合って、はしゃいだ。私は台所に行き、水道の水で顔を洗い、裸になって体を拭いてから、浴衣に着替えた。

「あなた、海に連れてくって子供たちに言ったの？」

夕食の時、妻が言った。

「うん」

「だって、まだ無理じゃない」

「どうして？」

「波が荒いんでしょう、危ないわ」

「そんなことないさ。静かな所知ってるんだ」

私はビールを一息に飲んだ。

「大丈夫なの？」

「大丈夫さ」

「そう」と妻が言った。「それでいつにするの？」

「あした、あした」と子供たちは、御飯粒をまき散らして騒ぐ。

「あしたは駄目だ。釣に行くからな」

「また行くの？　この前行ったばかりでしょう」と妻が言った。

「うん、また行くんだ」

「あんなこと、そんなに面白いかしら」

「そりゃ面白いよ。やってみなくちゃわからんさ」私は言った。「弁当、二人分作ってくれよ」

「どうして？」

「中川も行くんだ」

「今度替った人？」

「そうだ」

「若い人は釣なんか嫌いでしょう」

「俺が誘ったんだ」

「どうして？」

「どうしてもだ」

「海はいつにするの？」

そう妻がきくと、食べ終って、テレビを見ていた子供たちが振り向いた。

「火曜日に行こうかな」と私は、子供に言った。「特休があるんだ」今度は妻に言った。

「じゃ月曜日にあるの？」

「ああ」

「今度は誰なの？」

「誰かだよ」

子供たちは、畳の上で泳ぐ真似をしていた。

その夜遅くなって、眼が醒めた。妻が誰かと玄関で大声で喋っていた。私は起き上がり、蚊帳をはぐって帯を締め直した。男の声が誰かわかった。

玄関に行くと、中川が坐り込んでいた。そしてひどく酔っていた。

「あなたに会わせろってきかないんですよ」と妻は私を見てほっとして言った。

「あ、佐々木さん、僕はやめます」

中川は首の付け根まで真赤だった。

「何をやめるんだ」と私は言った。

「何を？　決まってるでしょう。あのいまいましい下劣な仕事ですよ。実に下劣だ」

酒臭い息が玄関に広がった。

「とにかく上がれ」と私は言った。「大声出すな。子供が起きる」

私は中川を後から抱いてひっぱり上げ、妻は靴を脱がせた。そのまま中川を引きずって行こうとして後を見ると、起きてきた子供たちが黙って見ていた。妻があわてて寝かせに行った。

「ああ、しようがねえな。おい、水を持ってきてやれ」

妻が台所から、コップに水を入れて持ってきた。中川はそれを一息に飲み、むせてシャツをびしょびしょにした。

「僕にはあんなこと出来ません」

「どうしてあんなことだ?」

「僕には人を殺すことなんか出来ません」

「もっと静かに話せ」私は言った。「人殺しは奴らだよ」

「そんなこと言って佐々木さんは平気でやっているんですか? 何も感じないんですか?」

「そんなことはないが――」

「じゃあ、なぜやめないんです」

「どんな仕事だって楽じゃないよ」

「いや、佐々木さんは平気なんだ。きっと、あの仕事が好きなんです」

「好きなもんか」

私は少し腹が立ってきた。

「いや、やはり僕が駄目なんです。僕が弱すぎるんです、きっと。臆病者です」

「そんなことないよ」

「いや、僕が臆病なんです」

「ここに勤務する時、所長の訓示聞いたろう?」

「あれは正しいです。所長の言ったことは正しいです。そのことは僕にもわかります。誰かがやらなければいけない神聖な職務だって……。でも、僕には出来ません。とても無理です」

「お前は酔ってるんだ。帰って寝ろ」

私は、うつむいてる中川の顔を上げる為に、手を肩に置いた。それで中川の泣いているのがわかった。しゃくり上げるたびに大粒の涙が畳に落ちた。それから中川は、途切れ途切れに何か言って、ずいぶん長いこと、子供みたいに泣きじゃくった。

「中川なあ」と私は言った。「月曜日は堀部と替れ。俺から主任に言っておくよ」

「でも……」中川は顔を上げた。眼が充血している。

「いいから、先の事など考えるな。とにかく今度は休め」

「でも……いつかは——」

「そんなにいやなら後で話合えばいいさ。今夜はもう帰って寝ろ」

中川は腫れぼったい眼をこすって、やっと立ち上がった。酔はさめて顔は青白く、中川は玄関でよろけて転んだ。

「あしたの釣忘れるなよ」と私は言った。

「……」

「その時話すから」

中川は靴をつっかけ、戸を開けて外に出た。月が見えた。

「気をつけて」と妻が言った。

戸がしまった。すぐ中川の吐く音がした。

「行ってやらなくていいかしら」

「いいよ、ほっておけ」

「何があったの？」

「たいしたことじゃない」

「そう」と妻が言った。「やはり釣に行った方がよさそうね」

「誰が？」

「中川さんよ」

「そうだ。中川の弁当も作ってくれ」

「ええ」

中川の帰って行く足音がした。いつもより引きずって聞えた。

妻は玄関の鍵を掛けた。私は部屋に戻り、中川の飲んだコップを台所に持って行き、蛇口の下に置いて強く水を流した。

「………」

三

次の日、中川と堀部が来て、三人で釣に行った。中川の顔は二日酔でまだ青かった。私は堀部に昨晩の件を話さなかった。

堀部は釣道具と弁当のほかに、ビールの小壜を半ダース、紙の手提に入れて持ってきた。

三人は暑い日射しの中を、刑務所から離れた停留所まで歩き、そこからバスに乗った。客は大勢乗ったが町外れまで来ると皆降りてしまい、赤ん坊を竹かごに入れてせおった老婆と私たち三人だけになった。竹かごの赤ん坊は首を左右に早く回し、三人の顔を一人ずつ見たり、外を見たりした。

男の車掌が窓を全部開けた。ゆるい風がたえず吹きこんだ。バスは大きな橋を渡り、その川に沿っていくつものカーブを曲って、上流に向った。これ以上登れない所まで来て、笹藪を切り開いた円形の小さな広場でバスは停り、三人はおりた。バスはすぐターンし、埃を舞い上げて引き返した。

陽はまだ昇りきらず、そこらじゅうの山々で蟬や鳥が鳴いていた。堀部を先頭に笹藪の道を抜け、小さな山を一つ越えた。下には川が音をたてて流れていた。三人はそこから山を下り、川沿いの細い道を歩いた。みんなびっしょり汗をかき、シャツは縞模様に濡れた。

いつも堀部と釣る場所に出た。岩の上に丈の長い草が茂って、大きな楓の木がかぶさって、いい日よけになっていた。私と堀部の坐った場所だけ草がねて、赤茶けたタバコの吸い殻や鑵詰の空カンが散らばっていた。

「いつもここで釣るんだ」

私は中川に教えた。

「そうですか」中川はそう言ってハンカチを出し、額の汗をたんねんに拭いて、青く平な水面をじっと見た。

「上に行こう」

堀部が言って三人は、歩きだした。もう先に道は無かった。傾斜した山裾が川岸まで突き出し、松や杉が不規則に立っていた。草丈は腰まであり、ところどころ蛇いちごが赤くかたまっていた。私は手近のいちごを茎から折り、手の中で握り潰した。手の平は赤い汁で染まり、甘い香がいつまでも残った。先を歩く堀部が、何かの根につまずくたびにビール壜がカチャカチャ鳴った。

川幅が大分狭まった所で、川原に出た。

大きな石がごろごろ転がり、中で一番でかい岩が流れの中央まで突き出て、その上が平になっていた。そこで釣ることにした。釣道具と弁当を先に放り上げ、三人は岩に登った。

岩肌は熱く焼けていた。私は麦わら帽を脱ぎ汗を拭いた。堀部はビールの栓を抜き、三人で一本ずつ飲んだ。生温くてまずかった。堀部は残りのビールをテグスで縛り、川底に沈めて冷やしておいた。

「いるか？」と私が言った。

「いるいる、見ろよ」

堀部は流れに上半身を乗り出して言った。

青くよどんだ岩蔭に、大型のやまめが輪になって泳いでいた。先頭の一匹が向きを変えると他のやつも一斉に方向を変え、そのたびに銀色の腹がキラキラ光った。更に深い所には、でかいのが何匹もじっとしていた。

「岩魚《いわな》かな？」堀部は自分の弁当をひろげて言った。

「まさか」

「そうだな」

「でもでかいな。蚊鉤じゃ駄目だぞ」

「ああ、駄目だ」と堀部が言った。

青いよどみの向うに白く泡だった急流があり、ハヤが何匹も上って行った。堀部はカバーをはずし、竿をつないだ。

「そんなに急ぐな」と私は言った。「昼飯にしようや」

「食べながら釣るよ」

私は小型のバッグから包みを二つ出し、一つを中川にやった。

「すみません」

「いいさ、独身だもの」

中川は包みを解き、にぎり飯をほおばった。私も食べた。

堀部は、餌付けと飯を交互にやって、時々大声ではしゃいだ。

「そんなでかい声だすなよ。全部、逃げて行っちまう」

「逃げたってすぐ戻るさ」

「囚人みたいにか」と私が言った。

「俺たちの囚人は戻らないがな」

堀部の冗談に中川は少し笑った。

三人は好き勝手な場所に坐り、糸を垂れた。岩の上は暑かったが、上流からの微風と流れの音が、汗を消した。

私は糸ミミズの入った空カンを日蔭に置いた。それから自分のうきに眼をやった。鉤の先にひっかけられたミミズが水を吸い、赤くくねくね動いた。やまめはそれに群がってきた。

最初に中川が釣った。小型のやまめだった。

中川が不器用に鉤を外したので、やまめの口は裂けた。堀部はそれをびくに放りこみ、余分のテグスで縛ると、後の浅い水たまりにつけた。

「面白いだろう?」堀部は中川に言った。

「ええ」

「今度はもっとでかいの狙えよ」と私が言った。

私は糸を上げ、うきを高く付け直し、深い所の大型を狙った。じっと動かなかったやまめは餌が近づくとパッと散り、また、注意深く集まった。そのうち、近くの一匹がミミズをつきだし、白いうきがピクピク動いた。そしてうきは突然沈み、糸が張った。一匹が鉤に喰いついて暴れ、他のは素早く逃げた。私は、鉤が顎にしっかり食い込むのを確かめて、竿を短く持ち替え、ゆっくりと大きく、何度も回転させ、十分に弱らせてから、たも網ですくい上げた。たっぷり二十センチはあった。やまめは手の中でパタパタ動き、細い銀色の鱗を残した。堀部がびくを引き上げ、私によこした。

中川の釣ったのと較べるとかなり大きく見えた。

「でかいな」と堀部が言った。

「大きいですね」と中川。

「うん」

三人はしばらく黙って、二匹のやまめを見た。小さいやまめは白い腹を半分見せ、裂けた口をパクパクやって、それからゆっくりとひっくり返った。

一時間程で三十匹位釣り、びくは口元までいっぱいになった。その後は余り釣れなくなった。

「ビール飲もうぜ」と私が言った。

「ああ、飲もう」

堀部はテグスをたぐり、岩にぶつけないようそっと川底からビールを上げた。とても冷えていた。三人は一息に飲んだ。

「なあ、堀部」と私が言った。

「なんだ？」

「明日、俺たちの番なんだ」

「知ってるよ。暴れた奴だろう」

「そうなんだ」

「延びなかったな」

「そりゃな。あれくらいでいちいち延期されたらこっちが堪らんよ」

「それで？」

「中川と替ってくれないか」と私は言った。

堀部は私を見て、それから中川を見た。中川は自分の青いうきを見ていた。上流の森でかっこうが鳴き始めた。突然、堀部が笑った。

「そんなに」堀部は言った。「そんなに考えることないさ。はやい話があんなこと釣と同じに考えてりゃいいんだ」

中川は立ち上がった。

「どこに行くんだ?」

「向うで泳いできます」

中川は急いで岩をとびおり、川原の上流に走って行った。堀部が笑う。

「笑うな、堀部」

「だって、おかしいからさ」

「どうして?」

「どうしてだかな。俺にもわからん」

「とにかく笑うなよ」と私は言った。「奴、気にするから」

「やめるよ。何かあったのか? あれから」

と堀部がきいた。まだ笑いたそうな顔をしていた。私は、中川が酔って家に来たことを話した。

「それだけじゃ理由にならんな」

堀部はビール壜を向う岸に投げて、言った。壜は岸まで届かず、急流の端にしぶきを上げ、波紋をえがいて、すぐ流れに消えた。

「やめるなんて言うぞ」と私。

「中川がか？　本気か？」

「らしいぞ」

「でも、主任はなんて言うかな」

「あんなことになったから、囚人と看守のけじめがつかないなんてのはどうだ」と私は言った。

「なるほどな」堀部は言った。「でもな、主任はむりにでもやらせるかも知れんぞ」

「どうして？」

「中川の臆病風をここらで吹きとばしてやろうと思ってさ」

「そうだな」

遠くのよどみで中川の潜るのが見え、驚いたせきれいが白い尾でチョンチョン水を叩きながら、川下に飛んで行った。

「世話のやける奴だ」と堀部が言った。

「うん、でも明日は替ってやれよ。そのうちやるようになるからさ」

「そのうちな」

「皮肉るなよ」

「わかったよ。替ろう」と堀部は言って、ビール壜を今度はやまめの群に落した。やまめは、パッと散った。私は大声で中川を呼んだ。かっこうの声が中断された。中川は水から上がり、衣類を脇に抱えて砂の上を走って来た。

「替ってくれるとさ」私は、岩の上から中川に言った。

「そうですか。すみません」

「いいさ」と私は言った。「次からは、自分でやれよ」

「ええ」

中川は岩の上に衣類を放り投げ、裸のまま這い上がった。しずくが体から焼けた岩の上に落ち、次々に乾いた。

「なあ、中川」と堀部が言った。

「…………」

「奴らのしでかしたこと考えたことあるか?」

「……殺人です」

「そうさ」と堀部は言った。「俺たちゃ何もしない者を罰してる訳じゃないんだ。奴らは人間さまを殺しているんだ。それまで、生きていた人間をな。お前、現場見たことないだろう？」

「……ありません」

「よしなよ、堀部」と私は言った。「誰だって気分の乗らない時はあるもんさ」

「そりゃ、そうだ。特別な仕事だからな。だがな中川、明日の奴は子供まで殺してるってこと覚えておけよ。二階からコンクリートの道路に落したんだ。両足を摑んでな」

「奴ら、人間じゃないんだ」と私がつけたした。「形は人の形をしてるけどな。どんな優秀な機械にしたって、数多く作るうちにゃ必ず不良品を出すだろう。その不良品はどうする？　捨てるよりほかないんだ。人間だってこんなに多くいれば同じことさ。不良品をそのまま使うわけにはいかないんだ」

中川は何か言おうとして口を開きかけ、すぐ閉じた。

「こんな話よそう」

私は少し喋り過ぎたと思い、照れ隠しに言った。

「とにかく、明日は俺がやるよ」と堀部。

「もう少し釣ろう」

「ああ」

「あのー」と中川が言った。

「もう言うな」と堀部が止めた。

日が暮れるまで三人で数十匹釣った。大型のは腹を裂き、指を突っこんで腸を出して、流れで洗ってからえらに笹を突き通した。

広場の停留所に行くと、最後のバスが出るところだった。

四

月曜日。朝から雲が厚く空をおおって、雨が降りそうだった。

私が起きた時には、朝食ができていた。子供たちはまだ寝ていた。昨夜、私は二三回程眼が醒めたのを思い出した。当番の日はいつもそうだった。

私は台所に行き、髭を剃り顔を洗った。指が魚臭く、強くこすってもおちなかった。

妻がクリーニングしたばかりのズボンとシャツを出した。

「雨降るわね」私一人の朝食の時、妻が言った。

「降るな」と私。

「どうしたの?」

「どうもしないよ」

「だって元気ないわ」

「普通だよ」

「釣りで疲れたのね」

「よく眠ったよ」

「じゃ、もう少し食べたら」

「うん、もういい。お茶くれ」

「あした本当に行くんですか？」

「どこへ？」

「海よ」

「ああ、行くよ」

「本当に？」

「約束だもの」

「あたし、留守番するわ」

「お前も行くんだ」

「あたしも？　だってこんなおなかじゃ」

妻はそう言って、突き出た腹に手を置いた。

「かまうもんか。たまには陽にあたった方がいいよ」

「そうかしら」

「そうさ。赤ん坊の為にも」

「じゃ、行くわ」

「そうしろよ」と私は言った。「俺一人じゃチビ共二人も見張りきれないしな」

「そうね。お弁当の買物しなくちゃ」

「ビール買っておいてくれ、小壜でいいから」

「持ってくの？」

「うん」

「喜ぶわね」

「そうさな、初めて泳ぐんだから」

私はお茶を飲み干し、シャツを着てズボンをはいた。糊が利いていて肌ざわりが良かった。

「行ってくる」

「傘、持って行きます？」

妻は玄関から体を乗り出し、空を見上げて言った。

「いいよ近いから。降ってもすぐやむさ」

「そうね。気を付けて」

「ああ」

雲は次第に濃くなり、外は夕方のようだった。まだ、どこの家も起きていない。

大通りに出た時、新しい囚人を積んだ護送車がヘッドライトを付け門を入って行った。

「お早よう」

「早いですね」

「まあな」

「今日ですか？」

太った門衛は窓ガラスの向うから言った。

私がそれに答えず通り過ぎようとすると、大変ですねと門衛は言い、振り向いたら、口を変な風に歪めて、薄笑いをしていた。

私は黙ってくぐり戸を通り、杉の木立を歩いた。半袖のシャツだけでは肌寒かった。

グラウンドに出ると、遠くの芝生を堀部が歩いていた。サイレンが鳴った。同時にいくつもの建物からホイッスルが聞え、中のざわめきがここまで届いた。私は走って堀部に追いついた。

「よお」

堀部は振り向いて言った。

「少し急ごう」と私。

二人は足早でグラウンドを抜け、土手のトンネルをくぐった。

処刑室に続く白い道は、竹ぼうきの目がきれいについていた。私たちはそのまま控え室に行き、すっかり仕度をととのえた。

「降るな」と堀部は言ってタバコの灰を落しカーテンのすきまから空を見た。

「降らなかったからな」

「しかしまずいな、こいつは」

「こんな日は休みにするといいのにな」

「全くだ」と堀部が答えた。

「早く終らしたいよ」

ドアが開いて主任が入って来た。今日は主任も清潔な恰好をしていたが、この男がするとひどく滑稽にみえた。

「中川はどうした?」主任は堀部を見て私に尋ねた。

「都合で替りました」

「そうか。ならいいよ」

主任はそう言うと、私と堀部に新しい純白の手袋を渡してよこした。主任は、二人がその手袋をはめボタンを掛け終るまで見ていた。手袋はいつもよりきつめだった。

「奴、どうしてます?」

堀部が主任に尋ねた。

「奴? 今日はそんな呼び方するな」と主任は真面目な顔で言い、ちょっと笑った。そして他の用事に急いで部屋を出て行った。

「奴め、だいぶ暴れたようだな」と堀部が言った。

「らしいな」

二人は仕度をしたまま外を見たり、釣の話をしたりした。

「降ってきたよ」

大粒の雨が窓ガラスに音をたてて当たり、糸を引くように流れた。部屋のブザーが短く三度鳴った。

二人は部屋を出、ひびをモルタルで塗り潰した廊下を歩いて行った。

「ご苦労さま」

夜勤の看守が私たちを迎えた。

「奴は?」と私はその看守に尋ねた。

夜勤の連中は、一晩中、あの囚人が泣きわめいたと言って苦笑した。

「別の独房に移せばよかったのに」と堀部が言った。

「そうしようと言ったんですがね、主任がほっておけって言うもんですから」

「どうして?」

「怪我でもさせたら日が延びると思ったからでしょ」

「そうだな」と堀部は言った。「他の奴ら眠れなかったろう」

「そりゃね。ちょっと騒ぎましたよ。早く締め殺しちまえってね」

「大変だったな」と私が言った。

「なにね、たいしたことありませんよ。せいぜい扉を叩くだけですからね。独房の中だってことには変りませんからね」とその看守は言って、赤く腫れぼったい眼をこすり、通路を遮断している鉄格子の扉に鍵を掛けた。あとはそれきり静かになった。物音と言えば、ときどき足を組みかえる看守の靴音だけだった。こんな時私は、どの部屋からも突然、囚人が消えてしまったのではないかと思ったりした。それも昔のことで、今はそんな馬鹿げたことを考えはしなかった。


その頃は、どの部屋も汚なく満員で、当番が一ヵ月に三度も回ってきたことがあった。今は看守が殖えて、死刑囚は減った。


雨はひどい降りらしく、屋根がうるさく音をたてた。

「本降りだな。せっかくの服がだいなしだ」堀部は支給されたばかりの真新しいズボンをひっぱってみせて、言った。

「ああ、俺もだ。クリーニングに出したばかりだ」

「どうしてあそこまで廊下をつくらないのかな?」

「そうさな。ずぶ濡れになるてはないな」と私は言って、処刑室までの白く掃き清められた、五十メートル程の道を、頭に浮かべてみた。一般の囚人の朝食を知らせる、二度目のサイレンが鳴った。大勢の足音がして、通路の向うから人が固まって歩いて来た。先頭は上背のある所長、その横にがっちりした主任の肩が見えた。その後には三人の係官――中の一人は、中川があの囚人に殴られたとき調書をとった奴――が続いていた。そして一番最後に神父がいた。

神父は上等の黒い布にくるまり、そのうえ普通人のたっぷり二倍もある体格だったので、とても厳かにみえた。堀部はこのしまりのない神父の巨体をひどく嫌っていた。私も脂ぎった顔は好きではなかった。

神父は、私と堀部の白い手袋を見て今日の当番を知ると、女みたいな微笑を送ってよこした。

「あの太っちょめ」

堀部は、それとわかるぐらい顔をそむけ、呟いた。

「まあ、そう言うな」

この神父は五年目で、前の誰よりも長く、それに休んだことなど一度もなかった。皆は、特別に並べられた木の椅子に坐って待った。処刑の日はどの部屋の囚人も起きている。物音をたてず、静まりかえっているのがその証拠だった。

雨はますますひどくなった。主任がそのことを所長に言った。所長は前を見たままましゃくれた顋を突き出し、首を横に振った。

その後三十分間、誰も喋らなかった。私と堀部はあの囚人の部屋を見ていたし、他の連中と言えば、椅子に坐ったきり身動きもしなかった。

電気時計の長針が滑り、十二を指した。ホイッスルは吹かず、主任は手を上げて階上の私と堀部に合図した。同時に皆、椅子から立ち上がり、神父は聖書を開いて読み始めた。若い看守が桐の箱に入った白い綿《めん》のひとえを両手に持ち、階段をのぼって私たちの所まで来た。私は鍵束から鍵を選び、その囚人の部屋の前に立った。神父の呟きが近づいた。所長は堀部のすぐ後まで来て止まった。係官が脇により、神父が前に進み出た。私は扉にかがみ、鍵穴のふたをずらせ、錠を刺しこんだ。ゆっくりと注意深く回したが、カチリと鳴った。堀部が扉を押した。皆、中を見た。

囚人特有の臭気と外の明りが流れ出た。鉄格子の窓から外の雨がはっきり見えた。囚人は頭を腹に隠し、摩り切れて織目の浮き出た毛布にくるまっていた。私と堀部は靴のまま中に入った。その時、囚人が大きく寝返りを打った。毛布がそのまま体にまきついた。所長は係官から書類を受け取り、それを見て囚人の名前を呼んだ。囚人は起きない。それで主任が私に目配せした。毛布がずり落ちて囚人の顔が出た。ずいぶん間抜けて見えた。堀部は後から囚人を羽交《はが》い締めにし、一振りして眼を覚させた。囚人はビクリと全身を震わせ、半分開いた眼で私を、次に見開いた眼でみんなを見た。私はすかさず手錠を掛けた。囚人は、抱きついている堀部を振り解《ほど》こうとして前に動いた。そして、神父がその前に立った。

「落ち着きなさい」

神父が囚人にそう言った。堀部が囚人を立たせた。桐の箱が開けられ、きちんとたたまれた純白のひとえと帯が出された。

「自分で着られるか?」と主任が囚人に言った。囚人は黙ってそれを見、それから後ずさりをした。今までのどの囚人も皆、そうした。堀部が後から囚人の両肩を押え、その間に私は左手の手錠をはずしてやった。囚人の下着は昨夜取り替えたばかりなので白く清潔だった。体は運動不足の為、発達した筋肉もかなり柔らかくなっていた。

私は囚人の腕を片方ずつ折り曲げ、袖を通してやった。最後に帯をきっちり締め、元通り手錠を両手に掛けて仕上がった。その間神父はずっと囚人の前に壁のように立ち、時々聖書をパラパラめくって何か唱えた。

雨は更に強く降ってきた。

所長の合図で皆、部屋を出た。先頭に所長、次に神父、そして両脇に私と堀部が挟んだ囚人、後は主任と三人の係官が続いた。入れ違いに別の看守が、空になった部屋を掃除しに入って行った。私たちはそこから鉄の階段を非常にゆっくりおりた。大勢の不規則な足音が天井まで届き、屋根を叩く雨の音と一緒に跳ね返ってきた。どこかの部屋から軽い咳き込みが聞え、一番終りの係官が階段を降りるまで続いた。鉄格子の扉の前に残りの看守が並び、行列を見送った。

外はひどい降りだった。遠くの木立も、グラウンドの芝生も、土手も建物も凡て雨に煙っていた。主任は傘を広げ、囚人の後からさしてやった。他の者は濡れるよりほかなかった。さっきまで掃き清められ、白い砂が平になっていた処刑室に続く道は、大粒の雨で無数の穴があいていた。この道を交互にはさむ、植えたばかりのヒマラヤ杉の若樹からは、黄緑のしずくが絶え間なく落ちた。ずぶ濡れの雀がその樹々を飛び交い、さえずりまわった。

私は囚人の左腕を摑んで歩いた。囚人のひとえを通し、固い骨の感じや体温、脈搏がよくわかった。

行進は乱れることなく先に進んだ。この雨さえなかったら、今までに一番うまく捗った時とそう変らないと思った。もっともその時の囚人は病気で、すっかり弱り切っていて死んだも同じだったが。

道の中程まで進んだ時、囚人は突然腕に力をこめ、振り解こうとした。そしてそれが無駄であることがわかると、首を落とし、膝をついて行進を止めた。囚人はほとんど聞き取れない声で、地面に向って何事か繰り返し呟いた。行進は完全に止まった。しかし、誰も列を離れなかった。私と堀部は互の顔を見合わせ、呼吸をそろえると一気に囚人を引き起こした。

「さあ」神父は囚人に言った。「落ちついて、元気を出しなさい。もう少しの辛抱ですから」

囚人の肩は落ち、足元はふらついて、私と堀部の腕に直接体重がかかった。皆の帽子からしずくが垂れた。私は強く首を振り、帽子に溜った雨を払った。

再び行進は始まった。道が終って、処刑室のある円形の建物に来た。この建物の屋根の尖端は反り返り、白と黒、それに金色が少しと、三色が鮮やかに塗り分けられていた。その左側に十分時間を使って磨きあげられた大理石の高い慰霊碑があった。

石段を数歩上がった時、囚人は着物の裾を踏み、後に倒れた。一緒に私と堀部も転んだ。主任は、まっさきに囚人を起こした。怪我はなかった。堀部は汚れた自分のズボンを見、次に私を見て口を歪めた。

私たちは処刑室の前に立った。黒く木目を浮かせた白く厚い扉にとめてある、丸い大きな金色の飾り鋲がみんなをすっぽりと映し出した。所長はしばらくそこに立っていた。所長はいつもそうした。そして所長が引き下がり、主任が前に出て両手を大きく広げ扉を押した。油の利いた扉は音をたてず、四枚にたたまれて開いた。

部屋には白と黒の幕が張り廻らされ、中央に白い布を敷いた霊壇があった。その向うに処刑室があるのだが、今は白いカーテンで仕切ってあった。みんなは中に入り、扉は締められた。霊壇の太い何本ものろうそくが、ちょっとした空気の動きにも炎を揺らし、そのたびに様々な器がきらめいた。波状に雨が流れる天井の左右二つの丸窓からも、明りが帯になってさしこんでいた。

私と堀部は、霊壇のすぐ前にある椅子に囚人を坐らせた。皆のズボンの裾からしずくが落ち、床に溜った。誰かが咳払いをした。

「顔を上げなさい」と神父は囚人に言った。囚人は少し顔を上げ、一番近いろうそくの炎に視線を止めた。神父は巨体をゆっくり回転させ、霊壇に向った。そして、手品師のように体のどこからか紫の帯を取り出し、それにべたついた厚い唇を押しつけてから自分の首に掛け、前に垂らした。それから胸に十字を切った。

開いた聖書を片手に持ち、神父はいつもの言葉を読んだ。それは全くいつもの同じ言葉で、長く、女のような声が続くのだ。私はこの文句の初めを暗記していた。

雨はまだ激しく屋根を叩いていた。時々光る、遠くの稲妻が天窓を明るくしていた。そして、雷鳴が混じった。

神父の説教と祈りが続いた。扉を背にした三人の係官は、同じような黒っぽい夏の背広を着込み、右端の男はハンカチで肩の雨を丹念に拭っていた。真中の係官は書類の入った、黒い薄っぺらなカバンを大切そうに抱えていた。主任は腕を後に組んでいたので、尚更、肩幅が広くみえた。所長はしゃくれた顎を突き出し天井を見詰め、神父の言葉の区切りにいちいちうなずき、涙ぐんでは鼻を押えた。所長はいつでもそうだった。堀部は直立不動、私は細長いガラスの花瓶に投げこまれた時期早な紫の菊を見ていた。そのうち、囚人の膝の間に置かれた手錠が、涼し気にチリチリ鳴り出した。

神父の声が細く弱まり、終りに近づいた。神父は黒い滑らかな衣をひるがえして十字を切り、甘くアーメンを唱え、ゆっくり囚人に向きなおった。

「これから、あなたはあなたの犯した罪が消え、神の許、天国に導かれて行くのです。恐れる心配はないのです。恐れる事は何も無いのです」と言い、分厚い指輪のはまった、ぽってりした右手を囚人の肩に、静かに置いた。手錠の触れ合う音が急に止まり、囚人の肩の筋肉が動いた。私がその肩を押えようとした時、囚人は前にのめり神父の足元に転がった。反射的に、そして全く意外に素早く、神父の重い体は後に飛び退いた。その為、手から聖書が離れ、霊壇のろうそくを一本倒して床に落ちた。堀部は警棒を振り上げたが、主任がその腕を摑んでとめた。

囚人は床に溜ったしずくの上を、目的もなく這いずりまわった。だが自分の膝で裾を踏み、横倒しになって、そのままそこにうずくまった。

私は囚人の手錠の鎖を摑み、堀部が両足を抱え、引きずって元の椅子に戻した。囚人の背は黒く汚れ、床は引きずった跡だけ早く乾いていった。神父は再び、元のように女の微笑を浮かべ、身のこなしは黒い揚羽蝶を思わせた。

「喋るのをやめなさい。怒鳴ってはいけません。恐れる事はないのです。さあ、落ちついて、これから私の言う通り、後を続けてあなたも唱えるのです。そうすれば、それであなたの罪は消え、天国に行くことが出来るのです。さあ」と言い、この場所以外で使うことなど考えられないような、短い文句を唱え始めた。しかし囚人はそれに続かず、恐怖から、視線を固定できるだけの物を追って、眼を左右に早く動かした。神父は構わず先を続け、それはすぐ終った。

「それでは」と言った。「あなたの手をこの上に乗せなさい。そしてアーメンとだけ唱えるのです」

神父は、何かのなめし皮で作られた黒いカバーの聖書を、囚人の眼の前に出した。堀部は人差指と中指を使い、囚人の手錠の鎖に引っ掛け、聖書まで持ち上げてやった。そんな気の利いた事をする者は、看守仲間でも堀部だけだった。

「――アーメン」

言葉の終りに神父が言った。そして囚人を見てうながした。囚人はしばらく黙っていて、口の先を動かしてアーメンを言った。しかし、口の中は乾いているので声にならなかった。

キューッと聖書のなめし皮が鳴り、囚人の手が膝に滑り落ちた。鎖がチャラチャラ鳴った。所長が前に出て神父が身を引いた。

「何か言い残すことはないか？……何でもいい」と所長は型通りの言葉を芝居じみた声で

言った。

囚人は聞いていなかった。

「吸うか？」

また、所長が言い、紋の付いたタバコをさしだした。囚人は眼だけで所長の手を追い、少しためらってから両手を伸ばしてそれを取り、半分も深く口にくわえたが、タバコは湿らなかった。主任は燭台からろうそくを抜き、火を付けてやった。囚人はたて続けに煙を吸い込み、烈しくむせて、タバコの灰はいくらもたまらないうちに床に散らばった。

「もう一本どうだ」

所長は新しいタバコを出して言った。

囚人はまだ半分も残っているやつを捨て、新しいタバコを口の端に引っ掛けた。

主任が又ろうそくを近づけたが、吸い込まなかったので、タバコの先は黒く焦げ、すぐ消えた。「もういいな」と所長が言うと、主任が私と堀部にいつもの合図をした。私は部屋を仕切ってある白いカーテンを開けた。

処刑室は暗く、天井の一番高い所に裸電球が一つ点いていた。私と堀部は囚人の腕を摑み中に入った。皆が入り終ると、主任がカーテンを締めた。

囚人はほとんど歩こうとせず、ひっぱられるままに足を引きずった。そして、処刑台の階段に眼をとめ、急に首をあげ上を見た。囚人はかすれた声で何かわめき叫んだ。その高い声は円形の天井に届き、反響した。

私は台を見上げた。あの上までこの囚人を上らせなければならない。

木の階段を堀部が手錠を摑み先に上り、私は、何かわめき散らして上ろうとしない囚人の尻を押した。上に着くまで、囚人は二度程、段を踏みはずした。そのたびに私と堀部は手すりにしがみつかなければならなかった。

囚人を処刑台の中央に立たせた。私は、汚物と恐怖感を隠す為の黒い頭巾を、囚人の頭からすっぽりかぶせ、紐を締めた。一瞬、囚人の動きと叫びが止まった。そのすきに堀部は囚人の足元にしゃがみ、蹴られないようできるだけ顔を遠ざけ、止め金の付いた柔らかい皮紐で両足をくくった。とたんに囚人は両足で跳ね、頭を強く振って叫んだ。大声で、何回も同じ言葉を繰り返したので、はっきり聞き取れた。それは誰かの名前だった。

一人の名を数回叫び、別の名前を思い出すとそれを言って、囚人の知っている者全部を呼んだ。その中には何人かの女もいた。そして最後に囚人と同じ姓の女の名前を続けて叫んだ。こういう時は、必ず姓と名をくっつけて叫ぶのだが、どうしてかわからない。

私は自分の焦りがわかった。堀部も同じだった。私は、天井の滑車から垂れている麻縄の輪を急いで引っ張り降ろし、それを囚人の首に掛けた。

他の連中は下から処刑台の三人を見上げていた。私は、所長の深刻気な顔と、その芝居じみたいつもの合図を、同時に見た。私と堀部は身を引いた。

パタンと踏み板が弾け、台の上は二人になった。私と堀部は、足元に突然開いた穴を見ていた。暗くて何も見えない。

天井と地を結ぶ張り詰めた麻縄の直線は、ゆっくりと大時計の振り子のように囚人の死を刻み、揺れた。その揺れに合わせ天井の滑車がギシギシ音をたてた。油が切れていると思った。

何もすることのない、ずいぶん長い時間がたった。私は踏み板が落ちた時、かなり強い稲妻が光ったのを思い出していた。しかし考えているうちに、それが本当に光ったのかどうかさえもわからなくなってしまった。

規定の時間が終った。

ストップウォッチを持った検視官に続いて、首から聴診器を下げた医師が皮カバンを外に置き、処刑台の下の扉を押して入って行った。急に麻縄がゆるみ、スルスル穴の中に降りて、だらんとたるんだ。

仕事を終え、皆は処刑室を出た。雨はあがり、雲は切れ切れに吹き飛ばされていた。

蟬が鳴き始めた。ときどき吹く風がヒマラヤ杉を揺らし、しずくをバラバラ落した。

私と堀部の前を肩を並べた所長と神父がゆっくり歩いて行った。

「まずまずってとこだな」と堀部が言った。

「うん？」

「今日の仕事さ」

「そう考えればな」と私は答えた。

陽が照ってきた。

私と堀部が控え室に行くと、背広を着た中川がソファに坐っていた。

「ご苦労さま」

中川は私たちを交互に見て言った。

「どうしたんだ?」

「背広なんか着て」

私は中川を見たまま白手袋を脱ぎ捨てた。中川はその白手袋に眼を止めてすぐそらした。

「あの……」と中川が言った。

「なんだ?」

堀部が振り向いた。

「今日でここやめることになりました」と中川は、はっきり答えた。

「なに?」堀部は言った。「誰がやめろなんて言った?」

「いえ、誰も」

「じゃ、なぜだ」

「自分で決めたんです」と中川は答えた。

堀部は私を見た。私は視線に戸惑い、タバコをくわえた。

「勝手だとは思いますが」と中川は言った。「やはり僕には――」

「できねえだろうな」と堀部が残りの文句を言ったので、中川は赤くなった。

「ほかに働き口でもあるのか?」と私はきいた。

「別に」と中川は言った。「今はありません。一度田舎に帰ってそれから考えようと思っています」

「そうか」

「……」

「まあ、いいさ。ほかに仕事がない訳でもないしな。若いうちはいいな。なんでも自由がきいて」

と堀部が言った。

「向うに着いたら手紙出します」

「ああ、そうしてくれ。そんなに急がなくてもいいじゃないか」

「ええ、でも気が変らないうちにと思って切符買ってしまいましたから」と中川は言った。

「そうか」

「お世話になりました」

「そんなことないが……」

「お元気で」

「じゃ」

「うん」

「さようなら」

中川は部屋を出て行った。

足音はひきずってなかった。私と堀部はしばらく黙ってソファに坐っていた。

「中川の顔見たか？」

と堀部が言った。

「うん？」

「俺たちを見た時の顔だよ」

「少し震えていたな」

「町の真中で蛇に会ったたって顔だよ」

堀部は立ち上がり、私のタバコを一本抜いて、テーブルに脱ぎ捨てた白手袋を見た。

「なんだか腹が立つな」

「俺もだ」と私。

「ふざけた野郎だ」

堀部は窓まで大股に歩き、カーテンをさっと引いて言った。

「そうさな」と私は言った。「もういいよ」

急に陽が雲から出て、まぶしく部屋の深くまで照りつけた。

五

処刑の翌日の特別休暇に、私は二人の息子と妻を連れて、近くの海に行った。

高い砂丘を登ると海が広がり、沖から強い風が吹いてきた。

焼けた白砂は海岸線までなだらかに続いていた。その上を子供たちは騒ぎながら、転がり降りて行った。

「高い波ね」と妻が言った。

「ああ」

「危なくない？」

妻は、赤いテープを巻いた麦わら帽を、両手でしっかり押えながらきいた。

「ここは危ないよ」私は言った。「もっと静かな所があるんだ」

私は昼飯の入ったバスケットを妻から受け取り、二人で子供たちの所まで砂丘を降りた。波は上から見たより、大きく高かった。子供たちは波の引くときを見計らって走り、貝や石やひとでを拾った。

四人は履物《はきもの》を脱ぎそれを手に持って、はだしのまま波打ちぎわを歩いた。波は砂を滑り膝まで洗い、又、引いた。白く泡立った海水が足の裏を引いて行くと、深くどこまでも沈んでしまうような気持ちになった。

そこから少し歩き、周囲が岩に囲まれた、池のように小さい入江に出た。そこは遠浅で、白い海水が透きとおって見え、外海の荒い波も届かなかった。

妻は岩蔭に赤と白の縞のパラソルをひろげ、砂の上に大きいビニールを敷き、バスケットからパンやジュースを出して並べた。

私は子供たちをパンツ一枚にして、一緒に海へ入った。深い所の砂はひんやりと冷たかった。私は子供たちと水掛けをして遊んだ。それを見た妻が声をたてて笑った。それから私は深い所まで泳ぎ、急に潜ってみせた。陽の光は底まで届き、私の影が波のうねりにゆらゆら揺れ、小アジの群が散った。

私は泳ぎ疲れて、壊れかかった桟橋の熱い板の上に腹這いになり、背中を焼いた。子供たちは波打ちぎわに砂を盛り上げて遊んでいた。私は妻の所に戻り、タオルで体を拭いて、ビールを飲んだ。

「本当にいい場所ね」と妻が言った。

「家に居るよりましだろう」

「そうね、赤ちゃんのためにもいいと思うわ」

「うん」

「どうかしたの？」

妻は私の顔を見てきいた。

「何も」と私は答えた。

「だって変よ。きのうから」

「そうかな」

「中川さんどうしているの？」

「やめたよ」

「本当？　どうして？」

「嫌だったんだろう」

「そんなにも？」

「らしいな」

私は空のビール壜を砂の中にうずめ口だけ出した。妻が私のシャツからタバコを取ってくれた。

私は首に掛けたタオルで手を拭き、タバコを一本つまんで火を付けた。

「あの人にはむいてないのよ」妻が言った。

「何が？」

「あなたのお仕事」

「俺はむいているかい？」

「そうね、堀部さんなんかも」

「そうかな」

「そうよ」

子供たちの築いた砂山がちょっとした波に崩れた。

「あっ」

妻が小さく叫んだ。

「どうした？」

「なんでもないわ」と妻は言った。「おなかの赤ちゃんが動いたの」

「そうか」

妻は水平線の遠くを走る、白い漁船の群を見ていた。

「子供たちが大きくなって、俺の職業知ったらどう思うかな？」

「どうして？　あなた今までそんな事言ったことないわ」

「そうか」と私は言った。「ただ、思ってみただけだ」

漁船の群が一斉に汽笛を鳴らした。驚いた海鳥が波間から飛び立ち、旋回しながら高く空に吸い込まれた。

妻が大声で子供を呼んだ。子供たちは足を砂だらけにして走って来た。

その日は船で

一

島は春になるところだった。

分校のせまい教員室に、午後の日ざしがあたたかく照っていた。古い木製の机がふた組だけ向い合っている。

武男はペンさしにペンをつっこみ、体を起こした。朝から今までかかって、八人分の宿題を学年別に作りあげた。分校は八人で全生徒だった。

ベニヤ板でしきったとなりの教室から、坂本のだみ声と、黒板を走るチョークの音が聞えていた。子供たちは静かだった。

武男はイスに坐ったまま背のびをし、ワラ半紙を三枚ずつそろえ、すみをホッチキスでとじる作業を始める。それがすむと、散らかった道具をひとまとめにし、机の引き出しに入れて、立ちあがった。腕時計を見る。窓に行き、ガラス戸をあける。どのガラス板にも乾いた土埃が付着して、ヒビに色テープが張りつけてある。

武男は外のまぶしい光景を眺めた。

分校は、山の中腹をけずりとった台地にあるので、窓からは島の半分を見渡すことができた。

ときおり、山を這いのぼってくる沖からのぬるい微風が、裾のすりきれたカーテンをはためかす。

土をならしたばかりの段々畑があざやかな焦茶色で海岸線まで続き降り、陽光が広い海を青々とさせ、遠くに、かすんだ陸地が平べったく浮かんでいた。武男は眼を細める。町の位置はわからない。

「病院か……」

武男は小声で言った。

坂本の冗談にとなりの教室からどっと子供らの笑声が起き、それがしばらく続いた。

武男は強く頭をふり、考えるのをやめた。もう一度腕時計を見、部屋のすみまで行って天井からさがった紐をゆっくりひいた。紐は屋根の鐘に結んである。鐘は、まるでどこか別な方向にでもあるかのように鳴った。教室では子供たちがドヤドヤとイスから立ち、口々に大声で「さようなら」を言い、下駄箱からせまい校庭を走り抜けて行った。島の子供たちは皆、ゴムのぞうりをはいていた。

ベニヤ板の戸が開く。ボサボサの頭がつき出て、坂本が入ってくる。肩にたまったチョークの粉をはらいおとす。

「ああ、やっと終りだ」坂本は散らかした自分の机に四種類の教科書をドサッと置く。

「どうだい？」

「どうって、なに？」

武男は坂本を見あげる。太り気味だと思う。

「ここの住みごこちさ」坂本が言う。

坂本は武男が三月程前に転勤してきた日から、ずっと同じ黒のとっくりセーターを着ていた。

「住みごこちか」と武男。

「そうだ」と坂本が言った。「タバコくれよ、きらしちまった」

「ああ」

武男は背広のポケットからタバコをだし、箱ごと坂本の机に放った。

坂本はやわらかそうな指でタバコの先をもみほぐし、しかめっ面をしてくわえ、大箱マッチで火をつけた。

「もう、いやになったのか」

また、坂本が訊《き》いた。

「悪かないよ」と武男は言った。

「それならいいんだ」坂本はタバコを返した。「ここが気に入ってないのかと思ったんだよ」

「そんなことないさ、気に入ってるよ」武男は自分の机に戻り、タバコを抜いて、坂本と向い合って坐った。「思っていたとおりの生活だ」

「それにしちゃあ元気がないようだな」

「そうかな」

武男は坂本のタバコで火をつける。

「ああ」と坂本が言った。「学校にいた時分の方がはりきってたな。あの頃が一番よかったよ」

「まあ、そうだな」

「俺は今でも元気だぞ」と坂本が言った。

「俺だって同じさ」

「いや違う、少し変ったよ」坂本は薄く笑った。「おまえ、結婚したからな」

「関係ないさ」

「あるよ。結婚した奴ってのは去勢された牛と同じだ、誰でもおとなしくなるのさ」

「……少しは当ってるな」

「でも驚いたよ、実際」と坂本。

「なにが?」

「いや、おまえが結婚したなんて」

「おかしいか」

「別におかしくはないが、意外だったな」坂本は短くなったタバコを空の牛乳ビンに投げ込む。

「きれいな人だ」

「俺たちと同じ大学だ」

「覚えないな、別のゼミだろう」と坂本が言った。「ほかの連中はどうしてるかな」

「真面目に働いてるよ。あんなに嫌っていたサラリーマンでな」

「仕方ないなそれは。死ぬまで働きづめだよ。結婚した奴は?」

「たぶん俺だけだと思うな」

「そうだろうな。こっちもそろそろ考えなきゃいかんな」

坂本は笑った。

「あんなこと」武男は言う。「あんなことはなにも急ぐ必要ないよ、第一俺たちの月給じゃ食えやしないよ」

「あんなことってことはないだろう。おまえたちだってけっこううまくやってるようじゃないか」

「なんとかな。楽じゃないよ」

「そのうちになるさ。ここにいれば食うだけならなんとかなるよ」

「ああ、俺もそう思ってるんだ」と武男は言った。

坂本がしちりんからヤカンをとり、早い手つきでお茶を入れた。

ふたりはしばらく黙り、熱いお茶をゆっくり飲んだ。

武男は窓越しに、段々畑を下って行く子供らを見守った。顔だけが見える。

小さい入江では潮流が変らないうちにと夜の漁にでかける小船が集まっているところだった。

「このお茶うまいだろ」

坂本が言った。

「ああ」

「この島で作ったやつなんだ」

「茶畑なんかあったかなあ」

「いや、始めたばかりなんだ。そのうち出荷するようになるさ」

「お茶とは考えたな。海だけじゃやっていけないんだろう」

「そうなんだ。それで俺がお茶でも作ったらどうだって言ってやったんだ」

「大人にまで教えてんのか」

「まあな、世話になってるからな」

二人は笑った。

「あした頼むぞ」武男は薄緑のお茶を眺め、一息に飲んだ。「一日だけだから」

「ああ、いいとも」と坂本。「町か？」

「うん」

「町かあ、俺なんか一年近く行ってないな」

「行けばいいのに」

「面倒だ。おふたりさんで行くのか」

「ああ」

「なにしに行くんだ」

「ちょっとな」

「ちょっとか。本当は淋しくなったんだろうが」

「まあ、そんなところかな」

「ゆっくり行ってこいよ」

「あ、それからな、ガキ共にこいつやらせておいてくれよ」

武男は引き出しからさっきのワラ半紙をだした。

「あいかわらず手回しがいいな」

坂本はにやつく。

「俺はいつも先のことを考えてるからな」

「死ぬときのことまでか」

「そのときになったら考えるかも知らんな」

「今に神経がすり減るぞ。一日で片づく用事なのかい」

坂本が訊いた。

「ああ、一日だけだ」

「一体なにしに行くんだ、教えたっていいだろう」

「別にたいしたことじゃないんだ」と武男は言った。

武男は夕方まで坂本と喋《しゃべ》り、分校を出た。坂本は教員室のわきの小部屋で寝起きし、食事は近くの家で作ってもらっていた。食事代は安いものだった。

武男は曲りくねった段々畑のあぜ道をおりて、島をひとまわりする道路に出た。道はひどく埃っぽい。真下に集まった入江の漁船が、一斉にエンジンをふかし始めた。漁夫たちは裸に近い恰好《かっこう》で出漁のしたくに忙しく、女や子供も手伝っていた。

ひとりの子供が武男の姿をみつけ、大声をあげて手を振り、大人たちも働く手を休めないで、あいさつした。

武男は足を早めた。やがて道幅が広がり、両側に人家が並んであった。どの家も高い石垣で囲んである。人通りはない。日だまりにうずくまった老婆が網をつくろっている。通りすぎるとき、老婆の独り言が聞える。

武男の借りている家は通りの外れで、山裾の赤土がすぐ裏まできて、表には二番生えの樹々があった。

武男は玄関に入り、板の間に腰をおろして靴を脱いだ。良子が出てくる。

「早いのね」と良子が言った。

武男は黙って部屋にあがった。良子が上着をハンガーにかけ、洋服ダンスにしまった。タンスは結婚式をする積りでためた金で買ったものだった。

武男は、まだ西日のさしている縁側に坐った。テーブルに良子が飲み残した粉末ジュースのコップがある。

「ワイシャツなんかいらないわね」

良子が言った。

「そうさな」と武男。「坂本なんかずっと同じセーターだもんな」

良子は武男のとなりへきて、両足をなげだした。菓子皿をひきよせる。

「お茶でも飲む?」と良子。髪が長くなったので後ろへリボンで結んである。

「飲んできた」武男は石垣の間を走りまわる青光りのとかげを見ていた。「具合はどうだ?」

「なんともないわ、まだ」

「二カ月ぐらいなもんだろうな」

武男は手の平でセーターのうえから良子の腹部に触れた。良子はひどくくすぐったがる。

「わたしねえ」と良子が言った。「今日ずうっと考えたの」

「なにを」

「赤ちゃんのこと」

「……」

「わたしが働いたらなんとかなりそうな気がするわ」

「その話はすんだろう」と武男は言った。「三人では無理なんだ」

「だって——」

「そういう約束だったろう」

「だからわたしが働けば——」

「こんな島に女の仕事なんかないよ」

「内職でも——」

「そんな無理してまで欲しくないよ」

「……」

「三人じゃだめなんだ」

良子は返事をしない。細い首を何度も左右に振ってから、竹かごを膝にのせて、レース編みを始めた。

武男はしばらく良子の横顔に眼をやっていたが、やがてタバコを吸い、クリームをはさんだビスケットをほおばった。

「早過ぎたんだ、俺たちは」

武男が言った。

「なにが?」

良子は編み棒の手を一時も休めずに編み続ける。

「なにが早過ぎるの」

「結婚さ……」と武男は言った。

「……」

水平線上に乗った夕陽が台所や玄関の方まで明るくさせる。

「風呂たこうか」

しばらくして、武男が言った。

「……そうね」

「きれいにしておかなきゃな」

武男はドラムカンの水を新しい水と替え、たいた。島の水は潮の香が混じっていた。ふたりが入浴して夕食をすませると、外は暗くなり、電灯が点《つ》いた。島にはガソリンモーターの発電機があって、電力会社の技師が交替で働いていた。

「お茶もとれるんだ」

武男は茶碗の湯を飲みながら、言った。

「……ここで?」と良子。

「うん」

「飲んだの?」

「坂本が誰かにもらったやつを飲んだんだ、うまいよ」

「……」

「この島は気に入ったか」

武男は坂本に訊かれたように言った。

「思っていたより便利な所ね」と良子は言った。「町はいやなことばかり」

「あんなこともう忘れたほうがいいよ」

「……そうね」

「ここにはあんなもめごとはないさ」

「ええ」

「なんなら、一生ここにいてもいいような気がするんだ」

「わたしもよ」と良子が言った、「あんな都会の中より、ここの方がどのくらい住みいいか知れないわ」

「俺たちは負けて逃げたんじゃない」

「誰かそんなこと言ったの」

「ああ、くだらん奴だ」

「知っている人？」

「ああ」と武男は言った。「逃げてきたわけじゃないさ」

「ええ」と良子が言った。「あした本当に行くの？」

「もちろん行くさ、なぜ？」

「どこの病院？」

「衛生病院さ。ちゃんとしたところだ」と武男は言った。

「手術するんでしょう」

「そんな大げさなものじゃないよ。すぐ終るさ。簡単なことなんだ」

「どうしてわかるの」

「それぐらい誰でも知ってるさ」

「わたしいやだわ」良子は真っすぐ武男を見、泣きそうになった。「そんなこと……。いやだわそんなこと」

「……わがまま言うな」

武男は良子の肩に手をかけようとしたが、やめて、日遅れの新聞を読んだ。


その夜、ふたりは床についてからも長いこと喋った。良子はときどき泣き声になった。武男は喋るのに疲れ、あおむけになった。障子戸から外の明りがさし、規則的に回転する灯台の灯がわかった。聞える物音は波が打ち寄せるのと、沖合の漁船のエンジンだけで、それも凪にとぎれると急に静まった。

武男は、良子が自分の横顔を凝視している、と感じていた。

「わたし行くわ」

良子が言った。

「どこへ」

「病院」

「さっきいやだって言ったろう」

武男は天井を見続ける。

「だって」と良子。「それであなたの気がすむんですもの」

「……」

「一緒に行ってくれるでしょう」

「行くさ」

「恐いような気がするわ」

「手術か?」

「ちがうわ」

「じゃあなんだ」

「そうすることが恐いの」

「なぜ」

「……わからないわ」

「簡単なことなんだ」

「一日ですむの」と良子。

「そうさ。帰りは歩いてこられるよ」と武男は言った。

良子は布団から手をだし、武男の手首を握った。その手を武男は軽くおさえた。

「騙されたような気がする」と武男は言った。

「誰に」と良子。

「……」

「誰に騙されたの」

「人間を造ったやつだ」

「………」

二

目覚しが鳴って、ふたりは同時に起きた。外はまだ暗い。

良子は洗顔のあと急いで化粧をし、セーターの上にグリーンのコートを着て、同色のヘアバンドをした。ハンドバッグを持つ。

朝食は食べない。ふたりは玄関から、外へ出た。

通りは薄暗く、家々は静まっている。漁に行った船が帰るまで眠っているのだ。

武男と良子は無言で、足早に歩いた。どこかの家で赤ん坊が泣きだした。

道路をそれ、腰の高さまである菜の花畑の小道を下る。菜の花は朝露をかぶっていて、ズボンを湿らせる。

砂地に出て、コンクリートの栈橋まで来る。ふたりのほかは誰もいない。短い石段をのぼり、栈橋を先端に向い、中程でとまる。

武男は腕を近づけて時計を読んだ。今、降りてきた道を見る。誰かがオリーブ園を通ってこっちへ来る。カンテラがゆらゆら揺れ動く。男は砂地まで来て、身軽く桟橋にとびあがった。

「町ですかねえ、先生」と老人は言った。

武男は老人が誰かわかった。

「いつもこんなですか」

武男が言った。

「ああ」

「今日は遅れてるんですか」

「いや、同じだ」老人は桟橋の一番先端まで行って、カンテラを沖にむけて置いた。「いつでも遅れてくるんだ、先生。こっちはその方が楽なんで」

武男は良子に笑いかけた。良子は笑わなかった。

老人はカンテラのとなりに腰をおろし、両足を海面に投げだし、船を待った。武男たちをチラッとふりかえり、また元のように薄暗い沖に眼をやる。老人は独り暮しで、連絡船から郵便物や新聞を受け取る仕事をしていた。

汽笛が鳴った。

その時には陽が昇っていたので、カンテラは要らなくなっていた。

入江を囲む、細長く、途中で切れそうな半島の蔭から、この日一番の連絡船が現われた。

老人は立ちあがった。船はスピードを落し、ゆっくり近づいてきた。白い船腹に赤く一本の帯が走っている。舳《へ》先《さき》に動き回る水夫がみえる。

ふたりは船の近づくのを眺め、停まる位置がずれたので、そこまで歩いた。ディーゼルエンジンの音であたりの空気が震えた。船はまだ明りを点《とも》していた。

前甲板に二人の水夫が現われた。両方とも油で黒光りするつぶれた船員帽をかぶっていた。一人が円形に巻きあげた麻ロープの束を抱えると、二三度大きくはずみをつけてから、桟橋めがけて放った。それを老人が拾い、鉄の杭にしっかり結《ゆわ》えた。

水夫が老人にどなった。

「客はいるのかあ」

「ああ、今日はなあ」老人は水夫と同じくらいの声でどなり返した。「二人もいるんだからなあ」

「めずらしいことだな、じいさん」

水夫たちが紐の手すりのある長い板の階段をおろした。武男は良子の手を摑んで、それをのぼって行った。厚い板が弓なりにしなった。

若い方の水夫が荷札を確かめてから、麻袋に詰め込んだ郵便物と新聞の束を桟橋の老人へ放った。大きい荷がないのでクレーンは使わない。

老人が大声で訊く。

「そうだあ、じいさん」水夫は武男たちが乗り込むとじきに階段をひきあげた。「それだけだ」

「この小僧っ子めっ、じいさんなんて気やすく呼ぶな」

「わかってるよ。じいさん」若い水夫が武男に笑ってみせた。「船室へどうぞ」

武男は船室へ行くため、前甲板の方へ歩いた。赤と青のイスが四つ一組で、海へ向けて並べてあった。甲板にボルトで固定してある。武男がふりむくと、良子は急に足をとめ、はしの赤いイスに腰をおろした。

「どうした」と武男は訊く。

良子は黙っている。

「気分わるいのか」武男はとなりのイスに坐って、良子の顔を覗《のぞ》いた。「こんなところにいてもしようがないよ、船室へ行こう」

「……ここがいいの」

良子が言った。

汽笛が驚くほど大きく鳴った。丸窓のガラスがガタガタいう。エンジン音が高まる。船体がぐらっとひと揺れし、後ろ向きのまま桟橋を離れ、入江の中央まで滑って、向きをなおした。

麻袋をかついだ老人がオリーブ園の小道をのぼって行くのが見えた。

「船室へ行こう」と武男は言った。

「ここでいい……」

「よかないよ、風邪ひくぞ」

「大丈夫よ」良子は入江の景色から眼をはなさずに言った。「あなた行って。わたしここにいるから」

「どうしたっていうんだ」

武男は良子のイスの背に腕をまわした。

「どうもしてないわ」と良子。

船員は真珠の養殖棚の間をすり抜けて行く。船尾から広がるうねりが棚をもちあげ、互いにぶつかり合ってゴトゴト音をたてる。微風が吹き始めたが、風向きはでたらめだった。

「行こう」

「わたしここにいたいの、おねがいだから」

良子が言った。

武男は立って、デッキの手すりに摑まった。手すりの下には金網が張ってある。流れる海面を覗く。

「そんなにいやなのか」

武男は静かに言った。

「……………」

「無理か？　どうしても無理だっていうんならしてもらわなくてもいいぞ」

武男はふりかえる。

良子はコートのえりに首をうずめた。

「なにもそんなこと言ってないわ」と良子は言った。

「なら、どうして――」

「ただここにいたいの」

「本当はいやなんだろう」

「……いい気持じゃないわ」

「ああ、わかってるよ」武男は元のイスに戻った。「俺だって――」

「あなたは平気なのよ」

「なにが」

「こういうことが平気なのよ」

「べつに悪いことではないさ」

「そうかしら、わたしは平気でいられない気持よ」

「どうせ、俺は平気だとも」

ふたりは黙った。

さっきの水夫がきて、何か声をかけようとしたが、薄く笑って、ブリッジの階段をコンコンと大股にのぼって行った。

船は入江を出た。岩だらけの岬の先端に赤と白に塗りわけた無人灯台があった。海上は非常におだやかで、朝陽にさざ波の片面が反射して輝いた。

「なあ」と武男は言った。「今日、一日だけの辛抱だよ」

「……今日だけ？」

「今日だけさ」

「そう……」

「今日行って帰ればそれでいいんだ」

「あしたになればすっかり忘れてしまうの？」

「……そいつはわからんよ」と武男は言った。「あんなことは手術のうちにはいるもんか」

「あなたの知識はよくわかったわ」

「皮肉のつもりか」

「わたしみたいにする人はいるの？」

「いるさ、大勢いるよ。みんな黙っているからわからないんだ」

「黙っていなくちゃいけないことなの」

「喋ることでもないよ」

「子供が欲しくないのかしら」

「誰」

「そういう人たち」

「さあな」と武男は言う。「いろいろな事情があるからな」

「あたしたちにもね」

「そうさ。まず俺たちのことだ」と武男。

「あなたひとりだけのことよ」

「よしてくれ」

「あたしが働けば――」

「みじめだよ」

「みじめじゃないわ、なにも」

「子供のことだ」

「なぜなの」

「足りない条件で生れてくるからな」

「だから内職くらい」

「そんなことさせたくないよ」

「どうして、おかしいわ」

「おかしくたっていいさ」

「だって——」

「よそう」

武男は朝陽に包まれた自分たちの島がしだいに遠のいて行くのを眺め、タバコをくわえた。風で、何本目かのマッチで火をつける。

「嫌いになった？」

良子は前を見たまま、低い声で訊いた。

「なにが」

「……わたしのこと」

「くだらんことというなっ」

武男は短く、どなった。

「……」

「今は三人で暮らせないだけなんだ、それだけのことじゃないか」

「そんな言い方って——」

「ああ、ああ」と武男は言った。「おまえがそういうんなら喋らんさ。船室へ行こう」

「だって、だって、もうあたしのおなかで生きてるのよ」

良子が言った。

「生れてもいないうちに生きてるも死んでるもあるもんか」

「……」

「行こう」

「……もう少ししたら行くわ」

「風邪ひいても知らんぞ」

「ひかないわ」

「頼むから、俺を困らせるな」

「困らせやしないわ」

「ああ。行ってるからな」

武男は、少しの間、良子を見、何か言おうとしてやめ、狭苦しい急な階段を船室に降りて行った。

船室には一人の客もいなかった。

武男は固いイスに深く腰をおろした。両足を重ねて前の座席にのせる。部屋のすみに、船酔いした客のためにポリエチレンのバケツがいくつも積んであった。

武男は幾度か舌打ちして、ときどき、窓越しに良子の後ろ姿を見た。

船は二時間程して、別の島に寄った。相変らず客はなかった。

その間、武男は一回だけ甲板に出て、良子に声をかけようとしたが、やめて船室にひきあげ、イスに横たわった。眠る気はなかったのだが、単調なエンジンの響きとうねりで、眠った。

武男は女とホテルにいた。夜はだいぶ深く、通りの車も減り、ひどい雨の音が紅色のカーテンを突きやぶって聞えていた。

ベッドは固く、女は街娼だった。服を脱ぐまでひどく瘦せてみえた。（顔。顔が想い出せない）女の両脚はほかのどの部分より熱い。やけに熱い。

武男は女から離れた。腹這いになってタバコを吸う。女はしきりに話しかけてくる。何を言ってるのかわからない。雨は弱まらず、舗装道路がビシャビシャ音をたてている。女はこっちを向いて、まだ喋り続けている。（声も想い出せない。顔もだ）

いくつもの汽笛とあらゆる騒音で、武男は目を覚した。瞬間、夢のことを考え、すぐやめ、急いで階段をかけあがった。

良子はデッキの同じイスで、同じ恰好で坐っていた。陽は暖かく、空も海も青々としていた。

船は広い湾内を進んでいた。さまざまな型の船がせわしく出入りしていて、静かにしてると油でも浮いてきそうな海面をさかんにかきまぜていた。低い両岸に工場や埃っぽい倉庫が立ち並び、巨大な煙突からひっきりなしに黄色い煙が出て、それが町の上空に流れ、層をなしていた。

「早く着いたな」

武男は良子の後ろに立って、言った。

良子は黙っていた。

船は速度を落し、ごみごみした湾内を奥へ進んだ。

良子が武男のわきにきて、手すりを摑んだ。

「汚い水ね」

良子が言った。

「ああ」と武男。「人が大勢いるところはどこも汚いよ」

「そうね」

「元気になったたな」

武男は良子を見た。

良子は少し笑い、風でほつれそうになった長い髪を撫でつけてそろえた。「ずうっと下にいたの？」

「うん」

「眠ってたんでしょ」

「どうして」

「さっき見に行ったのよ」

「少し眠ったな」

「顔にさわっても起きなかったわ、よく眠ってたのね」

「そうかあ」と武男は言った。「もうさっきみたいな顔しないでくれよ」

「……しないわ」良子が言った。「少し恐いような気がしたの、でも今は平気よ」

「恐がることなんかないさ」

「そうね……」

「そうさ。麻酔で少しの間眠ってればいいんだ」

「……そうお」

「それに、全部終るまで一緒にいてやるもの」

「手術するときも」

「そうしてくれって言えば、そうするよ」

「いやだわ、そんなこと」

「そうだな」

武男たちは笑った。

連絡船はスクリューを逆回転させ、長い桟橋に停まった。

ふたりは船を降り、街へ続く人通りへ向った。いりくんだ通路はどこも人と車で混雑し、人々はせっせと先を急いでいた。

大きくカーブした国道を、並木に沿って歩く。武男は以前よくふたりで行った小さな映画館をみつけ、それを良子に喋った。

病院に着くまでの短い距離を、ふたりはほとんど喋り続けた。

病院は町を外れて、公園ととなり合せにあった。建物はモルタルで細長く、周囲に金網の柵がある。

正面玄関までのコンクリートの道を歩いて行く。道の両側は広い芝生で、木立はどれも芽を吹いている。

ふたりは喋るのをやめていた。武男は早い歩調をくずさないようにした。

玄関の分厚いガラスドアを押す。すぐ待合室になっている。ベンチのような木のイスが幾列も同じ方を向いて並び、数人の女の背が勝手なところに坐っていた。まるで映画でも始まるようだ。ふたりの足音に女たちは首だけまわし、盗み見たが、またもとのように編み物を続けたり、雑誌に目を落した。

武男は後方のイスに良子を坐らせ、受付まで行った。小窓はしまっていた。あたりを見回してから、呼びリンのボタンを押す。奥まった所でブザーが鳴る。誰の返事もない。武男は再びボタンを押し続けた。

「十時からですよ」

すぐ後ろで編み物をしていた女が言った。

「そうですか、どうも」

武男はその女をちらっと見、良子のところへ戻った。

良子は眼を伏せ、自分の足元を見ていた。

「十時からだってさ」

武男が言った。

良子は武男を見あげる。

「どうする」と武男。「ここで待ってようか」

「……外へ出ましょう」と良子が言った。

「そうだな」

ふたりは病院を出、国道を横切って、公園に行った。

公園はかなりの広さがあった。平日で人影はない。陽だまりにはベンチがある。中央まで行くと円形の花壇。パンジーを色別にくぎった茶色いレンガの囲いから花があふれ出している。噴水の水が陽にキラついて高くあがり、音をたてる。

武男たちは日あたりのいいベンチに坐った。

「早過ぎたな」と武男は言った。

「そうね」

強い風が吹くと噴水のしぶきが霧状になって飛んできた。

「たまには町もいいな」

武男が言った。

「………」

老婆が子供と犬を連れて砂場にきた。子供は膝までくるよだれ掛けをして、やっと歩いている。

「可愛いわね」

良子が言った。

子供は砂場にしゃがみ込むと遊び始めた。犬が武男たちを長いこと見つめ、一回だけ吠えると、横腹を老婆に叩かれ、ねそべって前足に顔をのせた。

「あの子可愛いわ」

また、良子が言った。

「ああ」

良子は身を乗りだして子供を見続けた。

「でもなあ」と武男は言った。「可愛いだけで生むのもどうかな」

「どうしてなの」

「気の毒だ」

「誰が」

「子供がさ。オモチャじゃないんだからな、いずれ俺たちみたいになるんだ」

「じゃあ、どうしたらいいっていうの」良子は武男に眼を移した。「おなかの赤ちゃんにいちいち訊いてから生むの？」

「……そんな意味じゃないけど」

「自然なことなのに」

「まあな」

「気の毒なのはわたしたちね」と良子が言った。

「そんなことあるもんか」

「だって」良子はまた子供を見つめる。「わたしたちに無いものっていったら、お金だけなんですもの」

「金もだ」

「どうして」

「時期ってこともあるよ」

「今ではだめなのね」

「早過ぎるような気がするんだ」と武男は言った。「早過ぎる」

「そんなことないわ」良子が言う。「わたしくらいの人でも子持ちの友だちたくさん知ってるわ」

「俺たちは俺たちさ」

「でも——」

「いいよ、もう」

良子と子供の視線が合った。良子が笑いかけると、子供はガラス玉のような目をまばたきし、遊びを続けた。

「どうしても生みたいって言うんなら、そうしたってかまわないんだ」

武男が言った。

「ここまで来たのに……」良子は泣き声になった。「そんな言い方しないで」

「しないよ」

「わたしやるわ」良子は言った。「その方がいいのよ」

「今はそうするより仕方ないんだ」

「時間だわ、行きましょう」

良子はひとりで来た道を歩きだした。武男は吸おうと出したタバコをポケットに戻し、良子と並んだ。

受付の窓が開いて、中に看護婦がいた。誰かの名前が呼ばれる。重そうにつきでた腹の女が返事をし、廊下の奥へ入って行った。女の坐っていたところに、雑誌が開いたまま置いてある。

武男は受付に行った。背中をかがめて中を覗く。

「あの」と武男は言う。

「なんです」

受付の看護婦はやりかけの書類から顔をあげないでいる。

「堕胎を頼みます」

武男は、はっきりと言った。声に出すとなんてことはない。

看護婦は初めて顔をあげ、武男の顔を見た。化粧が濃すぎると武男は思い、視線を外した。

「人工中絶のことですか」と看護婦は言って、元のように顔をさげて仕事を始めた。

「そうです」

「奥さんですか」

「来てます」

「理由は」と看護婦は訊く。

「理由ですか」

武男は訊き返す。

「理由がなければするわけにはいきません」看護婦は別の書類に目を通す。「法律で決められていますから」

「経済的なことです」

武男は相手に気づかれないように、そっと深呼吸をした。

「生活保護を受けてますか」

「いや……」

武男は次の言葉をあわてて捜した。うまく出てこない。

「どのくらいです?」

看護婦が言った。

「なにがでしょう」

「妊娠してからの日数は」

「二カ月ぐらいだと思――」

「ここに来てますね」

「ええ」

「これに」看護婦は机の引き出しをあけ、糊で固めた書類の束から一枚はがした。「ふたりの判をここに押してください。名前を書いて。今日するんですね」

「そうです」

「食事はしないでください」

「わかりました」

武男は指先につまんだ紙を見、何か訊こうとしたが、看護婦が下をむいたので良子のところへ帰った。

「同意書だって」武男は手にした紙を少しだけみせた。「こいつに判がいるんだ」

「なんて書いてあるの」

「なんでもいいさ。印鑑だせよ」

良子はハンドバッグをさがし、二本の印鑑をだす。武男は万年筆でふたりの名前と住所を書き、判を押した。良子が印鑑の先をチリ紙で拭い、バッグにしまった。

受付に行く。看護婦は書類にざっと目をとおし、武男の肩越しに良子を見た。

「けっこうですね」と看護婦は言った。「待っていてください」

「どのくらい」と武男。

「あとで呼びます」

「あの……」

「なんです?」

「いや、いいです」

「朝食は食べましたか」

「いえ」

「何も食べさせないでください」

「わかりました」

看護婦は別の名を呼び、赤ん坊を抱いた女が立った。

武男は良子の円い白いあごのあたりを見、となりに坐った。

「……どうなの」

良子が訊いた。

「大丈夫だ、やってくれる」

「今?」

「少し待ってろとさ」

「待つの、どのくらい」

「わからんよ、たいしたことないだろう」と武男は言った。「何も食べちゃいけないってさ」

「食べたくなんかないわ」

「それならいいんだ」

「………」

「すぐ終るよ」

「……そう」

「そしたら、あとは一緒に帰るだけだ。それとも映画でも観て行くか」

武男が言った。

「そうね」と良子。

武男は壁の時計を見あげてから、腕時計に眼をやった。手をのばして散らばっている雑誌をかき集め、一冊を良子の膝にのせてやる。良子はページをパラパラめくり、よく読まないで次の雑誌をとった。

窓辺のポプラが部屋を暗くさせていた。梢の隙間を抜けた光の輪が、床やイスの上を水すましのように滑りまわった。

時間が経つにつれ、患者の数が殖《ふ》え、五分おきくらいに名前が呼ばれた。呼ばれた女は廊下の奥へ消え、替りに終った女が出てきた。ふたりは黙りこくってい、名前が呼ばれたときだけ雑誌から顔をあげた。

一時間程待って、良子が呼ばれた。良子は膝の雑誌を滑り落しそうになって、武男がそれをおさえた。

また、看護婦がさっきより大きい声で呼んだ。良子は返事をしようと唇を動かすが、声にならない。かわりに武男が応えた。まわりの女たちが低く笑った。

「はやく……」

武男は良子の肩に手をかけて促した。

良子はいきなり立ち、受付の方へ歩きだした。ドアがあく。別の看護婦が現われ、廊下を案内する。途中、良子はコートを脱ぎ、武男がそれを持ってやった。廊下をつきあたったところで、ラセン状のゆるい階段をのぼる。二階の床はリノリウムでピカピカに磨いてあった。片側にたくさんの部屋。全部のドアにキャビンのような丸窓がある。

分娩室の前を通ったとき、赤ん坊の泣き声がした。刹那、良子はビクッとそっちへ首をまげかけ、何も見ないで、そのまま歩いた。案内の看護婦は奥まった部屋まできて足をとめ、良子を振り返った。良子は看護婦の腹のあたりを見ている。

感じのいい看護婦だ、と武男は思う。そして、黒文字で手術室と書かれた白札を見、すぐ眼をそらした。

「ご主人はここでお待ちください」

看護婦が言った。

「ええ、どのくらいかかりますでしょうか」

「十五分くらいですみます」

「すぐ帰ってても大丈夫ですか」

「二時間か三時間ここで休んでいった方がいいですよ」看護婦は感じよく笑った。「では奥さん」

武男は良子からバッグを取り、コートと一緒に持って、廊下の長イスに坐った。

看護婦は手術室のドアをあけ、良子の肩を抱いて中に入った。ドアがしまるとき、良子が振り返って武男を見ようとした。武男は笑顔をつくってやった。ドアがカチリとしまった。武男は急に腰をうかせ、また坐った。

手術室は静まりかえっていた。武男はどんなに小さい物音でも聞き逃すまいとした。遠くで短いサイレンが途切れて唸《うな》り、貨物車の入れ替えが始まった。

武男は膝の上にかがめた上体を起こし、廊下の天井を走る鉄パイプを眼で追い、それから赤ペンキを塗った消火器を長いこと眺めた。上着のポケットからタバコを出す。一本だけ残っている。それをくわえ、空箱をねじってくずかごに投げ捨てる。火をつけ、大きく煙を吸う。深く吸いすぎて、むせる。今度は別のタバコを買おうと思う。

踊り場の高い回転窓から廊下を照らしていた陽光が、手術室のドアを半分までのぼってきた。

その間にも、幾人もの看護婦や医師が真正面を見たままで通りすぎて行った。

ドアの内側に足音が近づいて、ドアがあいた。さっきの看護婦が出てきた。武男をみると感じのいい微笑をする。武男は立ちあがる。

「……どうでした」と武男は訊く。喋って口の中が乾いているのがわかった。

「すみましたよ」と看護婦が言い、頭をさげ、廊下を階段の方へ歩いて行った。

武男はその後ろ姿をしばらく眺めていた。

次にドアがあくと、医師が現われた。顔がいやに光っている。

武男は同じことを訊く。

「なんでもありませんよ、早いうちでしたからね」医師はマスクをはずした。すぼまった口をしている。「ご主人で?」

「ええ」

「はあー、珍しいですね」と医師が言った。

「なにがでしょう」

「いや」医師は言う。「男の方が付きそってくるなんて」

「変ですか」

「変じゃないですよ少しも。男だって半分は責任があるんですから」

医師はひとりで笑った。

「ひとりじゃいやだって言うもんですから」

「初めての方はそうでしょうね。でもほとんどひとりでできますがね」

「はあ」

「まあ、判がふたつあればすむんですから、ひとりでもどうということもないですし」

「大勢いるんですか」と武男。

「中絶する人ですか」

「ええ」

「近頃、殖えましたね」

「……」

「こんなことはなにも気にする必要はありませんね」と医師は言った。「やらないにこしたことはありませんが」

「気にはしないんですが、死ぬこともあるって聞いたことありますが」

「たまにね。子宮穿孔《せんこう》かなにかで」

「……」

「わたしはいいことだと思いますね」と医師が言う。「スマートな方法ですよ、人間らしいやり方ですし」

「なるほど」と武男。「もう帰っても大丈夫でしょうか」

「もう少し待ったほうがいいです。まだ麻酔が効いてますから」

「どのくらい」

「じきですよ。ラボナール注射ですから。今別の部屋で休ませてあります」

「そうですか、どうも……」

「下で待っていたら」

医師はとなりの分娩室へ入って行った。

武男は元のイスに坐った。腕時計を何度かみた。良子はなかなか現われなかった。

武男は立って、目の前のドアを見、急に、良子の荷物を持ったまま廊下へおりて行った。混雑する待合室を通り、表へ出る。公園の反対側にむかってゆっくり歩く。埃っぽい国道は避け、アーチを造花の桜で縁どった商店街に入り、店のウインドーを眺めて行く。喫茶店の前を通り過ぎようとして、足をとめ、店の名を確かめると、黒いガラスドアを押して中に入った。一番奥深いテーブルにつく。カウンターで学生たちがボーイと喋っている。武男が入って行くと一斉に話をやめたが、また続きを喋り始めた。武男は四角いテーブルに両手を置き、向いのイスに良子のコートとバッグをのせた。あの時もこのテーブルにいたのだ。

「なんにします」

ボーイがきて水のコップを置いた。

「コーヒー」と武男は言った。

ボーイは始終、髪を手の平で撫でつけ、注文をカウンターの男に復誦した。

このテーブルだ、武男は小声で言ってみた。さっきのボーイがコーヒーを運んできた。

黙ってミルクを注ぎ、カウンターに戻る。

武男は砂糖をいれ、ゆっくりサジを回し始めた。

「どうだい？」

武男は向いの街娼に言った。

「どうってなにが」

女は長い髪の間から武男を見ている。(声はあの声だ。顔が想い出せない)

「景気さ」と武男。

「景気？」

女はいきなり喋るときとは別の声で笑いだした。入口に近いテーブルに一組の男女がいるだけで、ボーイたちは帰る仕度にかかっていた。外は雨が降りそうなのだ。

「こんなところにいたって面白くないわ」と街娼が言った。

「まてよ、そうあわてることもないだろう。朝までだからな」

「こんなところにあまりいたくないのよ」

女は言った。あごからのどがいやに白く見えた。(あごはあのあごだ。それから上が想い出せない。顔なんかどうだっていいさ)

「早く出ようよ」と女。

武男は眼をあけ、サジをおいて一息にコーヒーを飲んだ。冷めかかっていた。ドアが勢いよくあき、外の光が射して、別の学生がドヤドヤ入ってきた。どこかのチャイムが鳴った。

武男は良子の荷を摑み、伝票をつまんでレジに行った。

武男は時間をかけて病院に戻り、待合室で良子を待った。患者は帰って行く者ばかりだった。陽は傾きかけている。

雑誌の小説を読みだしたとき、良子がさっきの看護婦とやってきた。青ざめた顔で斜め下に眼を落し、ゆっくり歩いてくる。ひどく妙な恰好だ。武男は雑誌をおいて大股に近づいた。

「いいのか」

武男は訊いた。

良子は武男を見ないで小さくうなずくと、そのままイスまで行き、ハンドバッグをとった。武男はコートを着せてやった。それを帰って行く女たちが横目で見た。

ふたりは並んで、来たときよりもずっと遅い歩調で病院を出た。

空は疲れかけた都会の活動にかすんでいた。国道の車量は殖え、ホロをかぶせた大型トラックがビニールテープでもはがすような音で、行き来していた。

「そんなに早く歩くな」と武男は言った。

良子は答えず、信号のかわるのを待って、交叉点をわたった。並木のプラタナスは埃をかぶって、白っぽい。

「気持わるいのか」

歩きながら、武男は良子の横顔を見る。まだ青ざめている。

あの喫茶店の前を通る。通りすがりざま、武男は横眼で中を見た。例のテーブルには誰かが坐っていた。

真っすぐ船着場に向った。良子は一言も口をきかなかった。ときどき足をとめ、ぼやけた視線で武男を見ると、何か言おうとして口を動かすので、変に顔面が歪んだ。

小学生の黄色い帽子の一団がはしゃぎながら帰って行く。

船着場はガランとして、どの桟橋にも船はなかった。武男は白ペンキで書かれた時刻表の立札を読んだ。次の船まではだいぶ時間があった。

「どうしようか」

武男は良子と同じ方角を眺めたまま、訊いた。

街は依然としてざわついたままで、たくさんのアドバルーンが風のままゆっくりと揺れている。

「どうする」と武男は言った。「まだ二時間もある」

「……」

「腹空いたろう」

「……食べたくないの」

「大丈夫か、それで」

「いいわ……」

「こんなところで待っているわけにいかないな。どこかで休もう」

「ここで待ってるわ」と良子が言った。

「暗くなるぞ」と武男。「それに寒くなるから」

「かまわない」

「またそんなことを言う」

ふたりは防波堤に沿って、桜並木の道を歩いた。桜はまだ咲いてなかった。ちょっとした高台まで来て、西陽の当っているベンチに坐った。真下に湾がある。良子は黙り続け、目の前の景色を眺めていた。武男は何本もタバコを吸った。

湾の中央まで、低く長い山がつきでていた。その中腹に建てたばかりのホテルがある。太い柱が不必要に使ってあり、全体が純白で、陽が沈んでからも白く浮きたってみえた。

町中の灯が点く。闇が海面の汚れを包み、ネオンの原色を映す。行き交う船は数が減って、舷側に紅白の航行灯が点されていた。

ふたりは長い時間を同じ姿勢でつぶした。口はきかない。

湾内の音が急に消え、武男は顔をあげた。ひとつの波も見えない海面を、女が武男の方へ歩いてきた。それはまるで、普通の固い道でも歩いているかの調子で、水の上を近づいてくるのだ。武男にはその女があの街娼であることはわかっていた。それに女は全裸だった。

女はますます近くなり、武男の足元まできてとまった。(顔がわからない)

どこか見当もつかない所から光の帯が鋭く流れてき、明るい円形がスポットライトのように女のきちんととじた足首を照らした。指先の曲った爪まで見える。光のリングは足から太腿へ、そしてむだのない腰までゆっくり這いのぼり、腹、胸部、首の順にくっきりと浮きたたせてみせた。(もう少し上だ。それで顔を想い出せる)

円い光はしばらくためらって、一気に顔の部分を照らした。武男は眼を凝らした。はっきりとわかった。街娼ではなかった。良子だった。まぎれもなく良子の顔だった。

「きれいね」

良子が言った。

「うん?」

武男は良子を見る。

「あそこ」

良子は指で照明に浮いた白いホテルをさした。

「ああ」と武男は言い、女の姿を海面から消した。「きれいだ」

ホテルまで青っぽい街灯にはさまれた道路がジグザグに続き、暗いのでそれが宙に浮いているように見える。その道をのぼりつめた上に、大理石らしいよく磨かれた幅広な石段、更に上に、小さい噴水が色付きの細い水を何本も交叉させていた。

そのうち、静かな排気音が聞え、黒塗りの車が四台、連なってホテルの道をのぼって行くのが見えた。赤い制服のボーイたちが石段をかけおりてき、車のドアをあけた。幾組かの夜会服の男女が降りたった。高い声で騒ぐ。女たちが動くと、飾りビーズがあらゆる色を反射してキラついた。

「パーティなのね」

良子が言った。

若い男女の群はたわむれ、もつれるように石段をあがって行く。

「そうだな」

武男はホテル全体からのやわらかい旋律に気がついた。

「なんのパーティかしら」

良子はホテルを見守る。

「さあな」

「あの曲知ってるわ」

「俺も知ってるよ」と武男は言った。「随分前に流行《はや》ったやつだ」

夜会服の群を吸い込んだホテルの奥から、どっと嬌声が起こり、またどっと笑った。

「あの曲本当にいい曲ね」と良子が言った。

「ああ」と武男は立って良子の肩を叩いた。「時間だ、行こう」

暗い坂道を下って、船着場に戻る。

桟橋の明りは薄く、それぞれ自分の島へ帰る人々が並んで列をつくっていた。魚売りの女たちは、風呂敷で包んだ空箱に腰かけていた。武男たちは切符を買い、列の後ろに並んで待った。一度だけ良子は吐気をおこしたが、何も吐かなかった。

船は時間より遅くきて桟橋に横づけになった。船の灯であたりが明るくなった。ふたりは最後に乗り、人々はぞろぞろ船室に入って行った。

武男は甲板に良子を待たせ、船からおりて売店からパンと紙袋につまったジュースを買ってきた。船が走り出してから、デッキでそれを食べた。

「やっぱり腹空いてたんだろう」

武男は紙袋のとがった部分を歯でちぎり、ストローをさして良子にわたした。

「あなたも食べなかったの」

良子が訊いた。

「俺か、うん」

「食べたらよかったのに」

「忘れてた」

「ずっとあそこで待ってたの」

「ああ」と武男は言った。「今食べてるからいいさ」

「帰ってまた食べればいいわ」

「そうだな」

「わたしも食べるから」

良子は少し笑った。

「さっきの曲なんていったかしら」

「あれか」

「覚えてない？」

「いい曲ね」

「忘れたよ」

「そうだな」

「想い出せそうだわ」良子はハミングでメロディを追った。「この船が着くまでにきっと想い出すわ」

「どうかな」

「大丈夫よ、出かかっているんだから」と良子は言った。

濃紺色だった空が黒に変り、湾を抜ける頃には、町の上空は灯を映して薄赤くなっていた。

「あの星あるでしょ」良子がパンを握った手をつきだした。「宵の明星よ」

「そうだな」

外海は朝と同じくらいにおだやかにうねっていた。

「あの星ちょうど真上ね、さっきのホテルの」

良子が言った。

遠くで潮流のぶつかり合う音が、雷鳴のように聞えた。

「ホテルから見ればこの船の真上にあるだろう」

長い半島の先端に灯台があり、すぐ後ろに屋根の尖った教会が見えた。教会の建物はまわりの家より黒く、鐘が鳴り始めた。船が離れて、それが肉眼で見えなくなっても聞えた。

良子が手すりに顔を伏せた。パンとジュースを両手に持ったまま、さかんに肩をふるわせる。武男は良子の肩に手をおき、落ちそうになったジュースをもってやった。

「どうした」

武男は静かに訊いた。

「……」

「なんで泣くことがある」

「……」良子は体を起こし、あいてる方の手で眼をこすった。「……なんでもないの」

「ばかだなあ」

「……そうね」

「俺たちは幸福さ」と武男は言った。

まだ鐘の音は聞えていた。

「これからはもっと注意するさ」

「……」

武男は空になったジュースの袋を波間に投げた。袋は船尾に流され、それからスクリューの泡立ちに巻き込まれて見えなくなった。

「今度は生むわ」と良子が言った。

「注意するから大丈夫さ」

「それでもできたら?」

「そのときはいいよ」

「本当にいいの?」

「いいさ、こんなことは一度だけでたくさんだからな」と武男は言った。

良子は武男を見続けた。

船室で魚売りの女たちが高い声を張りあげていた。鐘は聞えなくなっていた。汽笛が鳴った。

まだ先のことだ、と武男は胸の中で言った。

船は三つの島に寄り、時間通りに着いた。

雁風呂

構内は静まり返っていた。

隆志は長いことホームにならべたベンチの一つに坐っていた。彼がここへ着いたときにはまだ陽《ひ》があったのだ。

夜は深く、向い側のプラットホームにも人影はなかった。そこはたいして重要な町ではなかったが、二本の線の分岐点なので、ホームが三つもあった。ホームとホームの間は木の橋で結ばれ、駅の建物からいちばん離れた倉庫の前には、長々と延びた貨物列車が停っていた。それは入れ替えをおえたばかりで、どの貨車も鉄の扉をきっちりと閉じ、一条のレールの上に重く、動くことなどとても信じられないように、横たわっていた。夜が進むにつれて、線路や貨車の取っ手、電気時計のガラス蓋《ぶた》、駅員の首にさげられた笛といった物が裸電球の下で光り、その輝きが次第に細く鋭くなった。

彼はベンチに腰かけながら、足元から冷え冷えとしてくるのを感じていた。脚を組みかえて、ジャンパーの襟《えり》を立てる。吐く息が白い。

昨夜からの長い旅だった。彼は人を待っていた。彼はその伯父とは別なところで働いていたが、帰る日には毎年この駅で待ち合せていっしょに帰っていた。そして伯父は一人の老人を連れてくるはずだった。

そうやって待っている間にも、顔見知りの幾人かが帰って行った。その連中は皆、冬の間中出稼ぎに行っていた彼と同じ村か隣村の者たちだった。彼等は二人か三人ずつひとかたまりになって電車から降り、誰かの噂や儲《もう》け具合などを喋りながら、階段をのぼってこのホームへやってきた。今し方も、電車から降りた三人連れが、列車に乗り換えて帰って行ったところだった。伯父たちはなかなかこなかった。残った列車は最終だけになった。だが彼には、二人がかならずくることはわかっていた。何か急な用事で手間取っているに違いない。

ひっそりと降りてくる冷たい澄んだ大気のなかで、空腹と嫌気《いやけ》をねじ伏せ、彼は内側のポケットをジャンパーのうえからさわってみた。そこには冬の稼ぎがちゃんとおさまっていた。いつもの年より三割ほど多かった。それは伯父の紹介で勤め口を肉屋に変えたからだった。脂肪のべたつきと臭気にさえ慣れれば、そんなにいやな仕事ではなかった。彼はその金の使い道と使うときの気持を考え始めた。

信号機を操る鉄線がパイプのなかで音を立てた。建物の戸があいて、カンテラをさげた駅員があらわれた。駅員は線路の左右の遠くを見てから玉砂利のうえに飛びおり、隆志のわきを横切って向い側のホームへ這《は》いあがった。パンタグラフの擦《こす》れる音を交えて、電車がすべりこんできた。ホームが照らされ、震動が静寂を破った。駅員はカンテラをふって笛を鳴らし、それは再び動き出して次の駅に向って行った。

降りたった人々は階段をのぼって出口へ行き、隆志のいるホームへやってくる足音は一つだけだった。彼は首をまげてそっちを見やった。まだ姿は見えていないが、伯父に間違いないと思う。相手が階段をおりきったところで彼はベンチから立って声をかけた。それに伯父はいつもの酒でつぶれた声で応え、近づいてきた。彼は去年のように息子たちにやるみやげの包み箱を抱えていた。

「すまんな遅れちまって」と彼は言った。「だいぶ待ったか」

二人は包み箱をはさんでベンチに腰をおろした。

「そんなにも待たないよ」と隆志は言った。

「汽車はまだあるか」

「最終のがある」

「そうか、間に合ってよかった。どうだ、少しは稼いだか」

隆志はうなずいた。二人の顔は、口を閉じると固く結ぶ薄い唇が似ていた。

「おっさんはいっしょじゃなかったのかい」

「いや――」伯父は口をつぐんだ。「別々だ」

「どうかしたのかな」

「こないかもしれんぞ」と伯父は言い、眼をそらした。

「寄ってこなかったのかい」

　伯父は黙っていた。

「病気にでもなったのかな」隆志はつぶやいた。「あの歳で働くなんて無茶だよ」

「ああ。だが何もしないで食える身分じゃないからな」と伯父は言った。「いいさ、二人で帰れば」

　ディーゼル列車がきた。彼等はそこからいちばん近い乗降口へ行き、扉を押しあけて乗った。座席はがら空きだった。通路を中ほどまで進み、伯父は包み箱を棚にあげ、隆志と向き合って坐った。暖房が尻をほかほかさせた。彼は伯父を真似て靴をぬいだ両足を前の座席へのせた。そうするとずっと楽になった。ホームの柱が後ろへ流れ、無人踏切の警鐘が近づいてそれが大きくなり、すぐ小さくなった。伯父は窓ガラスに映った自分の顔を見つめ、指の先で無精ひげを撫でていた。

「肉屋の仕事はどうだった」と彼はガラスのなかの隆志に訊《き》いた。

「ガラス工場なんかよりはずっといいよ」

「金は決めた通りにくれたか」

「もらったよ」

「夏の仕事はどうする。また漁船《ふね》に乗るか」

「そうする」

「俺も漁船《ふね》だ。陸《おか》の仕事なんかとは金のけたが違うからな」

「でも去年乗ったようなのはいやだな。あれじゃあ小さすぎるよ、危なっかしくて」

「あんなのはやめといた方がいい。よく帰ってこられたようなもんだ」

伯父は座席のうえに立って、小さい方の包み箱をおろした。上包みの紙を破いてウイスキーの壜《びん》と南京豆《ナンキンまめ》を出し、窓の下の平らなところへ置いた。彼は壜のキャップをはずし、プラスチックのグラスに注《つ》いで飲んだ。「お前もやれ」

隆志はなみなみと注がれた酒を一息に飲んだ。口から食道にかけて熱くなった。

列車の明りが線路にごく近い畑を照らしていたが、遠くの景色は闇に覆われていた。何も見えなくても、彼等にはどこを走っているのかわかっていた。いま少し行くと長い鉄橋を渡るはずだった。

「伯父さんはどれくらい稼いだ」

隆志が訊いた。

「いつもと同じだ。もっと飲め」

ディーゼル機関車の音がうつろになり、鉄橋にさしかかった。河面《かわも》の奔流の部分がでこぼこに光っていた。

「どうしたのかな、おっさんは」

「……ああ」伯父は注いだ酒を放りこむようにして飲んだ。口の両端に南京豆の細かい粒がついている。「あんなにしてまで働かなくてもいいんだ」

「身寄りはいないのかい」

「そんな奴は一人もいないよ」

「気の毒に」

「おっさんだけに限ったことじゃないさ、俺だってわからんよ。毎年毎年馬みたいに働いて、気がついたときにゃああなっているんだ。まわりを見たら誰もいないって訳さ」

「おっさんはいい人だなあ」と隆志は言った。

「……ああ」

「あの人には随分世話になったもの」

「……俺もだ」

伯父は眉を寄せて鼻のうえに深い深い刻みをつけ、またぐっと飲んだ。

「おっさんのことだから先に帰っているかもしれないね」と隆志は言った。

伯父は落着かない様子でよそを見ていたが、やがていきなり言った。「帰っちゃこないさ」

「どうして」

「会ってきたんだ」

隆志は伯父の顔をみつめた。「それでどうだった」

「死んだよ」と伯父は言った。

隆志はほかの質問を口に出しかけたが、列車がトンネルに入ったために聞えなくなった。トンネル内のランプが人魂《ひとだま》のように飛び去って行く。気圧の加減で耳の奥がしんしんと鳴り、彼はそれを直そうとしてこめかみを動かした。轟音《ごうおん》がやみ、再び話ができるようになった。

「それは本当かい」

隆志が訊いた。

「見てきたんだ」

「葬式は」

「片づけてきたよ」

隆志は黙りこくった。

「俺はこの足でおっさんの家に行くが、お前はどうする」

「行っても誰もいないんじゃ」

「だから俺たちが行くんだ」と伯父は言った。

二人は途中で小さな駅に降りた。列車が通りすぎるまで屋根のないホームで待ち、線路を横切って暗い夜道へと出て行った。低い山の間にある村で、駅のほかの家はどこも寝静まり、その山を越えると海が見え、手前の竹林のなかに一軒の家があった。彼等は一旦砂浜へおりて、それから竹の林へ入って行き、暗い家の前に立った。隆志はそこへきたのは初めてだった。

玄関の戸は内側から鍵が掛かっていた。二人は裏へまわり、勝手口から部屋に入った。

「電気はきているかな」

伯父はマッチをすり、電灯のスイッチをまわした。明りがついた。

二部屋だけだった。家具はタンス一つきりで、きれいに片づけられていた。台所の流しに一組の洗った茶碗とはしがあった。二人は広い方の部屋へ行き、そこの電灯もつけた。伯父は押し入れをあけて座布団を出して坐った。隆志は雨戸をあけ放した。砂浜に打ち寄せる波の音があり、風にそよぐ竹の音があった。

伯父は抱えて持ってきた包み箱から、真新しい位牌と太いろうそくを出した。彼は床の間へ包み紙を裏返しにして敷き、奥まったところへ位牌を、その前に火をつけた二本のろうそくを立てた。部屋の壁に揺れる影が映った。

「こいつを見ろ」彼は上衣から輪ゴムでとめた一束の札を出した。

「全部おっさんの金だ」

「どうしたの、これは」

「ためたんだろうな」

「幾らある」

「数えてないが、たいした金だ」

「へえ――。そんなにためこんでどうする気だったのかな」

「どうするってこともないさ。独り身にゃこれがいちばん頼りになるからな」

「死んじまったんじゃ、そんなに持っていても何の役にも立たないよ」

「それはそうだ」

「この金はどうするの」

「ここの村へ寄附してくれって頼まれたよ」

「それはいいことだ」

「そうさ、並みの奴にゃできないことだ」

伯父はそれをろうそくの間にそっとおいた。そして彼は両掌《りょうて》を合せ、現実には無い光を背負った位牌に向ってぶつぶつ話しかけた。

それから二人は床の間を前にして、酒を飲み始めた。伯父はもう一本の壜を出して封を切り、それについていたグラスに酒を注いで札束のところへおいた。

「何てことはない」と彼は言った。「あんな遠くで死んじまうんだからな。ばかみたいな話さ」

「おっさんは何のために稼いでいたのかな」

「何のためもへちまもあるものか。みんな食うために決まっているさ」

「俺は違うよ」

「あの女と結婚するためか」

「それもあるし――」

「違やしないさ。それだってとどのつまりは食うためだ」

「そんならおっさんもためることはやめて、全部つかっちまえばよかったんだ」

「そこがえらいところなんだな」

「そうだね」

「あしたになったら役場へ持って行ってやろう。村の奴等めきっとたまげるぞ」

「そりゃそうだよ、こんなにたくさんの金だもの」

二人は喋りつづけて、持ってきた酒を全部飲んだ。

「今夜はここへ泊って行くぞ」

伯父が言った。

「布団はあるかい」と隆志が訊いた。

「おっさんが使っていたのがあるよ」

「冷えるね」

「風呂へ入ってから寝たらいい」

「風呂なんかあるのかい」

「あるさ」

二人ともひどく酔っぱらった。それで口に出したことはすべて行動になった。隆志は伯父のあとにつづいて立ちあがると、足元がふらついた。伯父は彼にマッチとタオルを持たせ、自分は古新聞を持って勝手口から出て行った。草むらの中に一人用の風呂桶《ふろおけ》があった。彼は桶のふちをつかんで隆志にも促した。「そっちを持ちあげろ」

「ここで沸かすんじゃないのか」

「ああ、海まで運ばなきゃだめだ」

「どうして。ここにだって水くらいあるのに」

「つべこべいわずに運べ。そら持ちあげろ」

隆志は伯父の言う通りにした。風呂桶を横に倒したまま両端を持ちあげて、竹にぶっつけないようにそろそろと運んで行く。隅々まで張りめぐらした竹の根が、地面を支えて弾力を持たせていた。彼等は直線で成り立っている林を抜け、砂地をざくざくと歩き、砂丘の上までくると手をはなした。桶はぐらりと傾いて次第にスピードを増し、うまくころげて行き、洗面器のように小さくなって海水に濡れた砂地のところでとまった。足首まで砂をからませてそこまで降りて行く。伯父は桶を真っすぐに立て、持ってきたバケツで波頭をすくいとり、その中へあけ始めた。

「たきぎを集めてきてくれ」と彼は言った。

隆志は酔った声で返事をし、広々と横たわった浜を歩いてたきぎを拾いに出かけた。ゆるい二つのカーブからなっている海岸線は、水と土の世界の区切りだった。海水を吸った砂は青い魚鱗のように冷たい光を放っていた。彼は半年間の疲労を骨の髄までしみ透らせた重くだるい躰《からだ》を、運んで行った。だがそれは難儀なことではなかった。漂う波は夜の天空の下で葉《は》むらに似た震えをくり返していた。

たきぎになる枯枝は浜のいたるところに落ちていた。どれもよく乾燥している。波に洗われて皮がむけ、つるつるとしていた。拾うとそれはまるで魂の抜けがらのように軽かった。彼は手にした枝を仔細に観察したが、何の種類の樹かわからなかった。彼は腰を折って拾って歩き、片腕に抱えきれなくなると風呂桶の方へひき返した。

海水を縁いっぱいに汲んであった。伯父はたき口に新聞紙を詰め、その上に木っぱをのせてマッチで火をつけた。紙を舐《な》めた炎は木っぱに燃え移り、音を立てた。二人の顔が明るく照らし出され、そこへ打ち寄せてくる波は巻きこむ前に夜光虫のような輝きを含んだ。

隆志は伯父を手伝って風呂のたき口を陸へ向けた。吹きつける風がじかに炎を煽り、はぜて、一層はげしく燃え立たせた。二人はたき口の前にしゃがみこみ、煙を避けて、沸きあがるまで暗い沖の彼方を見つめていた。うねりは黒い丘となって陸地へ押し寄せ、次々と形をくずして行った。その上空には無数の天体がちりばめられ、まばたきを送り届けていた。

「こういう風呂に入ったことがあるか」

伯父が訊いた。

「初めてだ」と隆志は言った。「知らなかったよ」

「俺もだ、おっさんに教えてもらったんだ」

「訳でもあるのかな」

「さあな。俺はよく知らん。この辺の連中はこうやって入るらしいな。とにかくよく暖まるよ」と伯父は言った。彼の両眼に二つの炎が映ってゆらめいた。「いい人だったな、おっさんは」

「あんまり喋らない人だったね」

「無口な質《たち》なんだ。あれでも俺たちにゃよく喋った方なんだぞ」

彼は木っぱをつかんでたき口にくべた。新しい白い煙が最高潮に達して、ぱっと炎に変った。

「おっさんはなあ」と彼はつづけた。「俺みたいにぐちをこぼしたことがなかったよ。いつも一生懸命働いていたんだ。それでもあんな芽しか出せなかったのさ」

隆志は黙っていた。

「俺だって同じことだ。今にきっとああなっちまうよ」

「このあたりはいいたきぎが落ちているんだね」

隆志が言った。

「……うん。今頃でなくちゃこんなにも落ちていないんだ。……あくせくあくせく金ばかり稼いでも何にもなりゃしないな」

「沸いたかな」

「まださ。もう少し待ってろ」と伯父は言った。「もう俺は金にしがみついて世の中を渡り歩くのに飽き飽きしたよ」

「だって仕方ないじゃない」

「ああ、仕方ないんだ。金にしがみついてなきゃ一歩も先へは歩けんからな」

「働かないで食べている奴なんか見たことないよ」

「わかってるさ」と伯父は言った。「それでもさあ」

短い時が経った。二人の男は安らかな海を前にして疲れた躰をじっとさせ、遠くの時間に淡い昧爽《まいそう》を控えた沖を感じていた。伯父は時々腕をのばしてたきぎをくべ、強い炎を保った。やがて湯気が立ち昇り始め、沸いた響きが桶を伝わってきた。隆志は立ちあがってまくりあげた腕をつっこみ、湯加減を調べ、かきまぜた。

「沸いた」と彼は言った。

「お前から先に入れ」

「あとからでいいよ」

「年寄りはあとから入った方が躰のためにいいんだよ」と伯父は笑って言った。

隆志は着ていた物を砂の上に脱ぎ捨て、タオルをつかんで湯につかった。塩水のぴりっとした熱さを感じたが、慣れると何ともなかった。両足の裏にたきぎのはぜる響きがきて、くすぐったくなった。首までつかると、余った湯がこぼれて蒸気が白く舞いあがった。筋肉がほぐれて血のめぐりが活発になり、内臓の位置がゆったりとしてきた。掌をくるんだタオルを顔へ持ってゆくと甘い海草の匂いがした。

「どうだ、具合は」

たき口にしゃがんだ伯父が訊いた。

「もう少し熱くてもいいよ」と隆志は言った。

彼はとっぷりと湯につかっていた。背中と腹の前に小さな対流がくり返されていた。そうやって黒い海面や薄れた海岸線や二度と同じ形を造らない波やらを見ていたが、彼は妙な心持になった。それは高熱を出したときのような、おぼろげな、否定的な気分だった。

働くことや金を稼ぐことがばかげて思われ、自分をとりまいている何もかもが、またそれらと闘うためのあらゆる手段がどうでもよくなった。そして、そのだるい気分はたしかな真実を知ったときのようにゆるぎなく思われ、ついには自分も時間も意識する必要がなくなってしまった。冷たい無限の水たまりを前にして、彼は暖かい狭い世界に裸でしゃがみながら、そう悟ったように感じていた。

「どうだ、なかなかいいもんだろう」

伯父が言った。

「うん」と隆志は言った。「もうそろそろ出るよ」

彼は固く絞ったタオルで顔を拭き、砂の上におりてから躰を拭いた。入れ代りに伯父が入った。湯のなかで大きく息を吸った。

風呂から出ても暖まった躰は冷えそうにもなかった。彼はそのことを伯父に言ったが、伯父は聞いていなかった。彼は桶の縁を枕のようにして頭をのせ、そこには無いことを思っていたのだった。

「立派な人だ」と彼は震えた声でつぶやき、湯気が立つタオルで何回も顔を拭いた。

「気の毒だ」と隆志は相づちを打った。彼の声も震えていた。

「あの金を見たら驚くだろうな。この村は貧乏だからな」

「そうだね」

「朝になったらすぐ届けてやろうや」

「役場の奴等め、きっと眼を丸くするぞ」

「ああ」伯父は言った。「冷えないうちに帰って寝ろ」

「その桶はどうする」

「あした片づけるよ」

隆志はジャンパーを手にして、砂丘を登って行った。躰の芯にたまっていた垢までがそっくり洗い流された気持だった。竹の林に入って行く前にふり返って見ると、風呂の火が赤く燃え、湯につかった伯父が大声で歌っていた。

彼は部屋へ戻り、押し入れから出した布団を二人が寝られるように広げて敷いた。そしてその片側へもぐりこみ、二つ折りにした座布団に頭をおいた。太いろうそくが半分まで燃えて、位牌と札束を浮かびあがらせていた。彼はそれを見たとき、眼の奥が熱くなった。暖まった躰が眠気を誘い、彼は伯父が帰ってくるまでに眠ってしまった。


翌朝彼が起きると、伯父は身仕度をしていた。疲労がすっかり消え失せて、夜のうちに新しい力を取り戻していた。外はいい天気だった。陽は冬の終りを告げるぬくもりを持っていた。斜めに射しこんだ光がくまなく部屋を照りつけて、障子の破れや綿が出た布団や畳につもった埃といった物を気づかせたが、明るい光のなかでは、それらは彼に何の意味も感じさせなかった。床の間のろうそくは二本とも燃えつきて、穴あき硬貨のように平べったく張りついていた。そして札束はと見ると、それは夜見たときよりも大きく感じられた。伯父は黙ってそれをつかみ取り、上衣の内ポケットへ押しこんだ。

二人は家を出て、まぶしい山道へ出て行った。その小道の下りになるところまでくると、海と竹の林が右手に見えた。伯父はそれを見なかったが、隆志は昨夜風呂に入った場所を足を運びながら見やった。風呂桶はどこにも見当らなかった。波に持って行かれたに違いないと彼は考えた。

伯父は今朝方になってから一言も口をきかないでいた。隆志も同じだった。昨夜二人が口走った湿っぽい言葉や態度は全部疲れと、光のないことが原因だった。それで互いに視線を避け合い、無口でいるのだった。隆志は風呂へ入ったときの例の気分を呼び戻してみようと思ったが、まぶしく輝く太陽の下ではできなかった。それはひどく疲れた夜の気分だったのだ。酒に酔ったようなもんだ、と彼は心のなかでつぶやいた。

彼の前を歩いていた伯父が突然足をとめた。そして不機嫌な顔つきで言った。「お前の稼いだ金を出してみろ」

「どうして」

「どうしてでもいいから出せ」

隆志は伯父のしかめっ面を見つめながら、ジャンパーのポケットから封筒をひっぱり出した。

「幾らあるんだ」

伯父が訊いた。

隆志ははっきり覚えている金額を言った。

「それで満足しているか」と伯父が言った。彼は自分のポケットから例の札束を出した。

「これと比べてよく考えてみろよ」

隆志は両方の金を見た。

「こいつを半分ずつにしても、たいした金だぞ」と伯父が言った。

「あとでまずいことにならないかな」と隆志は言った。それはただ念のために言ってみただけだった。

血と水の匂い

四方が切り立った崖のために、村の夜明けは遅く、どの家でもまだ眠っていた。だが、細長く頭上に見えている谷間の上空は、すでに一時間も前から朝陽《あさひ》を吸って輝いていた。

忠夫は下宿を出て、彼が勤めている中学校のグラウンドを横切り、河をめざして歩いた。つばの広い帽子をかぶり、肩には真新しい散弾銃をかけ、腰には赤い革の弾帯を巻きつけていた。彼の銃は、ブローニング製の連発式で、たてつづけに五発撃つことができた。銃で獲物を狙うのはその日が初めてだった。昨夜彼は、カモを撃ち落す想像に興奮して、ひと晩中まんじりともしなかったのだ。

河へ近づくにつれて次第に流れの音が大きくなって耳をろうし、遂には小鳥のさえずりも聞えなくなった。彼は右手で台尻をしっかりと押えつけ、岸へ通じる坂道を走って下り、丸太作りの桟橋のところまで行った。

水かさはいつもとそう変らなかった。河面は無数のこまかいひだに覆われて、なめらかにゆっくりと動いていた。斜め左手には赤ペンキを塗ったアーチ形の橋がかかっており、右手には向う岸から砂を運搬するケーブルカーがあった。

彼は岸に立ちつくして河の遠くを見やったが、ボートの姿はなかった。約束の時間になるまであと八分あった。

十月にしては、流れに沿って吹いている風がとても冷たかった。ボートの上では、おそらくもっと寒いだろう。シャツを一枚多く着てくるべきだった、と彼は後悔した。しかし、もはや下宿へ引き返す余裕はなかった。そしてすぐにまた、大丈夫だろうと思い直した。時間が経って、陽が照りつけてくれれば、気温は急激に上昇するはずだった。

ボートを待っているあいだ、彼は銃に弾をこめて、幾度も狙いをつける真似をしてみた。それほど敏捷でない鳥なら、五発に一発くらいは命中させる自信があった。

やがて、上流に、赤い橋の下をくぐり抜けて下ってくる大きなボートが見えた。それは橋がかかる以前に渡し船として使っていた古いもので、エンジンがとりつけてあった。四人の男たちが乗りこんでいた。ボートの持主である宿屋の主人と二連銃を持った村人はよく知っていたが、あとのふたりは誰なのかわからなかった。艫《とも》に腰をおろして舵をとっている大柄な男——村人のようだが——も、舳先《へさき》に立って手を振っているチョッキを着た男も、初めて見る顔だった。

ボートはぐんぐん近づいてきた。派手な色のチョッキを着ているのは宿の泊り客だった。しかし、もうひとりの男の正体は相変らずわからなかった。彼は非常に大きな体格をしていた。坊主頭に手拭いを巻いて、薄汚れたとっくりセーターをかぶっていた。人見知りする質《たち》なのか、忠夫が挨拶しても、うつむいたまま低い声を発しただけだった。エンジンをとめたボートは、桟橋に横づけされた。

「遅れちまって、どうも」宿屋の主人が、太った顔ににこやかな笑みを浮かべて、言った。「待ちましたか、先生？」

「ちょっとね」と忠夫は答えた。

「さあ、乗んなさい」

忠夫は銃を抱えて乗りこんだ。出発する前に、宿屋の主人は彼に泊り客と二連銃の村人を紹介した。だが、舵をとっている男についてはまったく説明しなかった。

「よし、出せ」と宿屋の主人は大男に向って言った。それはまるで命令口調だった。「早く。もたもたするな」

大男は顔色ひとつ変えないで、黙ってうなずくとふたたびエンジンを始動させ、舳先を河の中央に向けた。

忠夫の持ってきた銃のほかに、ボートのなかにはもう二丁あった。二丁ともかなり古ぼけて、宿屋の主人の銃は台尻のひび割れを釘で修理してあった。泊り客は銃を持っていなかった。彼は撃ちたくて乗ったのではなく、河の上で酒を飲むためだった。足元にウイスキーの罎《びん》が三本ころがっていた。すでに彼は酔っており、上機嫌で、みんなにも飲ませたがり、忠夫にもなみなみと注《つ》いだコップを握らせた。忠夫は体が暖まるだろうと思って一気に飲んだが、たいしたことはなかった。

「先生、とうとう買いましたな」宿屋の主人は忠夫のブローニング銃をつかみとった。

「こいつはすごい、飛行機だってやっつけられそうだ」

彼はつや消しをしてある銃身を撫でまわして、自分の旧式な銃と比べた。まじまじと見つめていた。それから、川岸の斜面に点在する木立や、朝もやのかかった空間の一点に狙いをつけて射撃の構えをし、ついで舵をとっている大男の頭に銃口を向けた。大男はちらと相手を見たが、すぐ気づかないふりをして、あらぬ方へ視線を転じた。

「危ないなあ」忠夫は自分の銃を返してもらおうと腕を伸ばした。「あとでいくらでも撃たせてあげますよ」

しかし宿屋の主人は、太った上体をねじ曲げて彼の腕から逃れ、笑いながら坊主頭を狙いつづけた。怯えさせて屈服させるまではひっこみがつかないといった具合だった。「撃て、撃て」酔った泊り客が真っ赤な顔をしてけしかけた。「それ、バアーンと撃っちまえ」

大男は相変らず河の遠くを見やっていた。素知らぬ表情だったが、長い顎の先端はかすかに震え、深く窪んだ眼は落着きを失っていた。身をこわばらせて、舵を強く握りしめていた。

「おい」と宿屋の主人は大男に言った。「こっちを見ろ」

　大男は言われるままに、ゆっくりとボートの行手の方へ顔を向け、二メートル先にある銃と、銃身の端にある三角形に細められた片眼とを見た。そして彼は急にくったくのない顔つきをし、掌を振ってやめてくれという合図をした。

「そんなことしちゃあ危ないですよ」と忠夫が言った。

「撃て、撃て」と泊り客がわめきちらした。「早く撃て」

「撃たれたって死ぬような奴じゃないさ」と二連銃の村人が言った。

「こんな距離で散弾をくらったら、誰でもおだぶつだ」と宿屋の主人が言った。

　彼はようやく銃をおろして、忠夫の手に返した。三人は笑い、忠夫は黙ってブローニング銃を見つめ、大男はだらしなくうなだれていた。

　ボートは徐々に河の中央に出て奔流に乗り、勢いよく下って行った。赤い橋から遠のいて、両岸の眺めが変った。もはや人家や畑も見えなかった。間近にそそり立つ山々には河面に漂っているよりも一段と濃いもやがかかっていて、頂上付近は完全に隠れていた。空は晴れ渡っていたが、陽は依然として谷間を照らさなかった。

　銃を持った三人はそれぞれの姿勢で、ふたりが左右を、ひとりが前方を凝視していた。猟に詳しい宿屋の主人の話では、少なくとも数十羽のマガモが群れているらしかった。顔を上気させた忠夫は、安全装置をかけたりはずしたりしていた。

泊り客は双眼鏡を使ってあたりを眺めまわし、ひとりで騒いでいた。彼はすっかり酔っぱらっていたが、それでも尚さかんにウイスキーを飲んだ。わめきちらす言葉の内容からして、彼は艦長にでもなったつもりでいるらしかった。河ではなくて海を渡っていると思いこんでおり、しきりに、「面舵《おもかじ》、取舵《とりかじ》」とか「撃て、撃て」とか怒鳴った。

三十分も下ったが、獲物の姿はなく、小鳥一羽現われなかった。皆の緊張がゆるみ、銃は舟底に投げだされ、新しいウイスキーの封が切られた。コップが次々に手渡された。忠夫も二杯ほど飲んだが、寒いのでなかなか酔いがまわらなかった。

宿屋の主人と二連銃の村人は、去年撃ち落したカモの数を自慢し合い、肝心なのは銃よりも腕だと言った。忠夫はそのうち上達するからとだけ言い、話には加わらなかった。しばらくしてふたりは話題を変え、村の行政について語りはじめた。予算の使途や人事や村の発展する方法などを熱心にしゃべった。宿屋の主人は村を観光地として売りださなくてはならないと説き、二連銃の村人は新しい果樹——日当りが悪くても育つような——の栽培を考えなくてはならないと強調した。

「それにゃあんたが村長にならなくては」と二連銃の村人が言った。「あんな野郎にいつまでも任せちゃおけない」

「今度こそだ」と宿屋の主人が言った。「軽く百票以上の差をつけてやる」

「五十票で充分だ」

「ねえ先生」宿屋の主人は忠夫に訊《き》いた。「正直なところで、どっちが当選すると思います？」

「さあ」と忠夫は言った。「誰がやっても同じだろう」

「先生はいやに気がないんだね」と二連銃の村人が言った。

「まさか下宿の親父に抱きこまれているんじゃないでしょうね」宿屋の主人が真顔になって言った。「あいつは向うの味方ですよ」

「こっちはよそ者だもの、誰の味方もしないさ」と忠夫は言った。

「またそんなあ。わたしらは先生はよそ者だなんて考えていませんよ」と宿屋の主人が言った。「村をばかにしちゃいけませんや」

「ばかになんてしてないさ」

「昔とちがって今じゃみんな同じ扱いですからね」二連銃の村人が言った。

　忠夫は返事をしないでいた。

　気まずい雰囲気が訪れる前に、ふたりの村人はうわべだけの微笑をして話題を変えた。忠夫の知るかぎり彼らの村は、裕福ではないにしても決して貧乏ではなかった。ごく普通の村だと彼は考えていた。事実、冬になってもよその土地へ働きに出かける者はひとりもいなかったし、高校へ進学できない中学生もあまりいなかった。

　いつしかボートは、流れの穏やかな広々とした水面に出ていた。両岸には巨大な岩が並び、河原はなく、山裾《やますそ》が迫っていた。水深が増したのでスクリューをあげさげしなくてもよくなり、大男はのんびりと舵をとっていた。もやはまだ蒸発しきれないであちこちに漂っていた。軽快なエンジンの音が岩や山にはね返って大きく響いた。泊り客は拡大して聞える自分の声に満足して、声がかすれるまでわめいた。彼の声に驚いて獲物が逃げてしまうのではないかと忠夫は心配したが、宿屋の主人は毎年秋には一カ月も泊ってくれる客をかばって黙っていた。しかし、泊り客はまもなく酔いつぶれて眠ってしまった。忠夫は彼の首にかかっている双眼鏡をそっとはずして、遠くの水面を見た。重なり合ったもやの向うにも、やはり彼らの周囲にあるのと似たような静かな流れが見えるだけで、木っ端ひとつ浮いていなかった。

岸に沿って生えている木々の幹や枝に、おびただしいごみが付着していた。それは夏の集中豪雨で水位が高まったときにひっかかったごみだった。今では乾いて、眼を細めるとまるで白い花が咲いているように見えた。

「カモってのはねえ、人間が近寄って行くのをちゃんと知ってるんですよ」宿屋の主人が小声で言った。「入江になったところをよく見張ってくださいな」

三丁の銃はまた元のように前方と左右に向けられ、いつどこから飛び出してくるかわからない獲物に備えてしっかりと握られていた。誰も口をきこうとはしなかった。舳先にいる二連銃の村人は煙草をふかしながら、片膝をついて注意深く見守っていた。背は低いのに八十キロもの体重がある宿屋の主人は、左の隅にしゃがみこんでいた。重量のバランスがとれなくて、ボートは幾分彼の方へ傾き、縁すれすれのところに水面がきていた。彼の合図で大男はエンジンをとめ、ボートを流れに任せた。泊り客はウイスキーの空壜を枕にして眠っていた。

朝陽が山の頂に輝き、もやが消えはじめた。視界はまたたくうちに開け、風景の輪郭がはっきりしてきた。風もおさまった。さえずって飛び交う小鳥も見えた。やがて西側の山肌が陽に照らされて、まばゆい光の帯が河までおりてきた。紅葉した木々が水面を原色に染めた。

忠夫はときどきかじかんだ手をセーターの下に入れて暖めた。彼はふたたび双眼鏡を顔に押しあてた。宿屋の主人の話に間違いなければ、そろそろ見えてもよさそうだった。彼らは入江になった岸の横を通過するたびに銃を構えたが、カモは現われなかった。空にも飛んでいなかった。

「おかしい」と宿屋の主人はつぶやいた。「きのうきたときはたしかにいたんだが」ついで大男の方に向くと「なあ、いっぱいいたよなあ」と言って同意を求めた。

大男はよそよそしい表情をして、うなずいてみせた。

「きっといますからね」宿屋の主人は念を押した。「がっかりしちゃいけませんよ、先生」

「なあに」と二連銃の村人が言った。「そのうちいやってほど撃てますよ」

エンジンをとめたボートはますます速度を落して、牛のような形をした途方もなく大きい岩の角を曲った。すると急に視界が開け、ちょっとした池ほどもある円い淀みに出た。流れは一旦そこで拡がり、岸沿いに半周してからまた狭い河に向っていた。

依然カモの姿はなかった。ボートは池のように拡がった水のなかへと入り、上流で投げ捨てられたありとあらゆるごみが浮いている縁を進んだ。宿屋の主人は大男にアシの茂みへ乗り入れるように命令し、「隠れて待ちましょう」と忠夫に言った。

アシはボートも人間も反射する銃身もそっくり隠してくれたが、枯れていて軽く触れるだけで騒々しい音をたてた。その音に驚いて泊り客は眼をさましかけた。だがボートが動かなくなって静まると、安心して眠ってしまった。

三人は銃をつかんで、四十五度の角度に見えている空間を睨《にら》んでいた。忠夫は耳をすました。小鳥のさえずりと水の音ばかりで、カモの声は聞えなかった。どこか遠くの山で、散弾を発射する銃声が連続して生じ、犬が吠えたてた。たぶんキジを撃っているのだ。

彼らはだいぶ長い間待ち伏せていた。今や陽は谷のほぼ七割の面積を照らして、紅葉した山肌に光を注いでいた。どこもかしこも原色の洪水で、めまいがしそうだった。浅瀬で鯉がはね、横腹が銀色にきらめき、小さな波紋ができた。

正三角形をしたひとつの山の頂のまわりに群れていたトンビが、先端の割れた翼をいっぱいにひろげて、河の方へ舞いおりてきた。黒い影が池状になった水面を横切り、トンビはごみが浮いている浅瀬の付近を旋回した。双眼鏡で見ると、ごみにまじって無数の死んだアユが漂っていた。トンビは次々にすごい速さで落下してきて、餌にありついた。

最初にしびれを切らしたのは、宿屋の主人だった。彼はどっかと腰をおろして、台尻を釘で修理した古い銃を傍《かたわ》らに置き、泊り客のウイスキーを勝手に注いで飲んだ。

「どうもついてないなあ」と彼は言って、コップ半分のウイスキーを飲んだ。「もっと早くきてりゃあねえ、いるときは撃ちきれねえほどごっそりいるのに」

「朝から晩までかかって一羽も見つからないときだってあるんだもの」と二連銃の村人が言った。彼も諦めて坐ってしまい、コップが空くのを待っていた。「どうも今日は飲むだけで終りそうだ」

忠夫は彼らに背を向けて、相変らず何も現われないまぶしい空間を眺めていた。

「待っても無駄ですよ、先生」と宿屋の主人が言った。

「こうなりゃあれを撃ちましょうや」そう言ったかと思うと、彼はたちまち銃をとって、ろくに狙いもつけずに、一発撃った。

短い距離にもかかわらず、あわてていたために命中しなかった。山々に銃声のこだまが伝わって行き、ふいに小鳥が沈黙した。トンビは一斉にはばたいた。つづいて二連銃の村人が慎重に狙って引き金をひいた。あとはどっちが何発撃ったのかわからないくらい、交互に乱射した。弾をこめるのももどかしそうに、ふたりは撃ちまくった。しかし、トンビは上へ上へと逃げて行った。忠夫が撃たないでいるのを見た宿屋の主人は、「そいつをちょっと」と言うなり、ブローニング銃を強引に借り受けて、五発の銃声を谷間に響かせた。何発目かの弾が逃げ遅れた一羽の翼にあたって、パッと羽毛が散った。だが、ひるんだのは一瞬で、ほかの仲間といっしょに飛び去った。ちぎれた羽がゆっくりと渦を描きながら舞いおりてきた。彼らが発砲しているあいだ、大男は眼をつむって指で耳に栓をしていた。

「畜生め」と宿屋の主人がつぶやき、足元に落ちている赤色の空薬莢《やっきょう》を拾ってアシの茂みへ投げた。「すごいね、連発ってのは」

「相手がでかすぎるよ」と二連銃の村人が弁解がましく言った。彼は銃身を折って、二本の筒から煙がたち昇っている薬莢を抜きとった。「あたってもちっともこたえねえんだから」

「すごいけど、やっぱり慣れている方が使い易いね」と宿屋の主人が言った。

ブローニング銃が忠夫の手に戻された。彼は熱い銃身を握りしめて、新しく五発を装填《そうてん》した。それから渋面をつくって、唾を吐いた。腹立たしい気持だった。彼らは面白半分にトンビを狙い、貸してやるとも言わないのに他人の銃を勝手に使ったのだ。

銃声で眼をさました泊り客が起きあがった。いくらか酔いが残っていて、まともにしゃべることができなかった。

「もう撃たないのか？」と泊り客は言った。「弾ならいくらでも買ってやるから、景気よく撃てよ」

「気前がいいんだね」と二連銃の村人が言った。

「あんたも撃ってみるかね？」と宿屋の主人が言った。

「やめておくよ。おれは見物しているだけでいいんだ」と泊り客が言った。「ほら、あそこにまだ飛んでいるじゃないか」

「あれじゃライフルだって届きませんね」と二連銃の村人が言った。

ボートはエンジンをかけ、アシの茂みを出て、更に下った。次第に谷が険しくなり、尖った岩がそそり立ち、紅葉した木立ははるか上の方へ遠のいた。獲物は一向に姿を現わさなかった。禁猟区のあたりまで行けばたくさんいるだろうと宿屋の主人が言った。だが忠夫は、ひょっとすると一羽もいないかもしれないと考えていた。

河幅が狭くなって流れが速まり、しぶきがかかるようになった。大男は忙しく舵を操り、岩場の間隙をぬってボートを進めた。濡らさないように、忠夫は銃をケースにしまった。

奔流へ出た。ボートははげしく上下に揺れて、流れにもてあそばれた。泊り客は有頂天になって舳先に立ち、「そら、進めえ、そら、突っこめえ」などとわめきちらした。だが、彼をとがめる者はなかった。忠夫も縁にしがみついて黙っていた。皆は彼の酒を飲んだのだ。

急流の場所を通過するまで忠夫は、ひとりでキジ撃ちに行った方がよかったと悔やんでいた。たとえ歩き疲れて骨折り損の結果になったとしても、カモ撃ちよりどれほどましかしれなかった。

流れはまた穏やかになり、飛沫は失せ、前方に禁猟区の沼地が見えてきた。そこはさっきの淀みの何百倍もの広さがあり、森ひとつがそっくり水につかっていた。木々の幹にこまかく区切られた水が、森のなかを静かに流れていた。

「あのなかへさえ入らなけりゃ違反じゃないんでね」と宿屋の主人が言った。「手前で待ち伏せて、出てくるのをやりましょう」

どのみち、あとひとまわりかふたまわり小型のボートでないと、ぎっしりと木立に埋まった沼地へは入って行けなかった。また、陽光がほとんど枝や葉に遮られていて気味が悪かったし、撃った弾がはね返る危険もあった。

双眼鏡を手にした二連銃の村人が、番小屋を見ていた。小屋は水辺に組んだ丸太の土台の上に建てられていて、杭には手漕ぎのボートが繋がれてあった。

「ボートがある」と宿屋の主人が言った。「あの野郎めいるのかな」

二連銃の村人はじっと小屋を見ていたが、やがて双眼鏡をはなし、「いねえだろう」と言った。

「いくらあいつだって、そう毎日見張りきれたもんじゃない」と宿屋の主人が言った。

「ここでなら別にかまわないでしょう?」と忠夫はたずねた。

「それがどうにもくそ真面目な奴でしてね。ここいらでもいけねえって言うもんで」宿屋の主人は坐った姿勢で、空に向けて一発撃った。「いるんなら飛び出してくるでしょうから」

「撃て、撃て」と泊り客が叫んだ。

銃声のこだまが消えてからも、番小屋の扉は開かなかった。

「もっと撃て」とまた泊り客が言った。「弾はいくらでも買ってやるよ」

「こっちのしっぽをつかむまで出てこねえつもりなのかな」と二連銃の村人が言った。

「あいつの考えそうなことだ」

「いや、いないんだろう」宿屋の主人が言った。「林道を通って家に帰ったんだ」

「こっちも帰ろうか」と忠夫が言った。

「先生、弱気になっちゃいけませんや。これからですよ」

森の上空を飛んでいる一群のカモが見えた。だが、射程距離にはほど遠く、双眼鏡で見ても種類さえ判別できなかった。それでも皆は、獲物をまのあたりにして活気づいた。

沼地の周囲には、カモが隠れていそうな入江が幾つもあった。片っ端から見てまわることになり、ボートは岸に沿って進んだ。彼らは上体をかがめて、獲物に気どられない姿勢をつくった。大男もいちばん遅い速度にしてできるだけエンジンの音を小さくし、猫背になっていた。

入江に接近すると、三人はそっと体を起こして銃を構えた。驚いて飛び立ったカモを一斉に撃つのだ。忠夫は興奮して、自分の鼓動や耳鳴りを感じた。口のなかが乾いて、思うように舌が動いてくれなかった。背筋がぞくぞくした。

幾つ目かの入江を通ったが、一羽もいなかった。いつまでも撃たないので飽きてしまった泊り客が、ウイスキーの壜とコップをとった。彼は自分で注いだ一杯を仰向けになって飲んだあと、横になって眠った。

「こっちも一杯やりましょうや」と宿屋の主人が言った。「見つけてから撃っても遅くないでしょう」

三人は車座になって、一個しかないコップをまわして飲みはじめた。しかし忠夫は落着いていられなかった。かたときも銃を手放さないで、ただちに体が半回転できるようにしていた。しばらくして彼は、ウイスキーの壜に見入っている大男に気づいた。彼が見返すと、大男はたちまち視線をそらして、ほっとため息をついた。

ボートは沼地をゆるやかに滑って行った。

山へ行っていれば、と忠夫は思った。今頃はキジの一羽か二羽くらい仕留めているだろうに。

自分のところへまわってきたコップをつかんで飲もうとしたとき、忠夫はふたたびウイスキーを見つめている大男に気づいた。飲みたがっているのだろうか。

「ぼくの酒じゃないけど」と彼は声を低めて言った。「あの人にも飲ませてやったらどうでしょう」

宿屋の主人は、それには答えないで、禁猟区の番をしている男の話をした。そこで忠夫は、二連銃の村人にも同じ言葉をくり返してみた。だが、彼の態度も変らなかった。

「さあ、これから撃ちまくるぞ」と言っただけだった。

数分経った。相変らずどの入江の水面も静まっていた。銃を握って緊張しているのがばからしくなり、忠夫は警察での講習で教えられた通りに銃口を上に向けた。村人たちの銃はあたりかまわず置いてあった。もし暴発したら、と彼は考えた。人に命中しないまでも、弾が舟底をぶち抜くだろう。そうなると、ボートは岸に着かないうちに沈んでしまう。この寒さのうえに酒を飲んでいるのだから、誰かひとりは心臓麻痺で死ぬかもしれない。

あと三杯分で、二本目の壜が空になろうとしていた。宿屋の主人と二連銃の村人は、大きな鯉がはねて羽虫をほおばったのを機会に、釣の話をはじめた。ふたりも忠夫も、泊り客のようにはひどく酔っていなかったが、頭のなかがぐらぐらしていた。いい気持に酔っていた。もはやカモ撃ちなどどうでもよくなった。体が暖まって、空気もあまり冷たくは感じなくなってきた。沼地の半分までが陽光を浴びていた。

大男は舵を操りながら、しばしば横眼を使って、三人の口に吸いこまれる琥珀《こはく》色の液体を盗み見ていた。

「あの人にも飲ませてやったら？」と忠夫は言った。「飲めるんでしょう？」

「底なしですよ」と宿屋の主人が答えた。「だけどこれはお客の酒だから」

「ぼくたちだって無断で飲んでるじゃないですか」

「酔っぱらってボートをひっくり返されたら大変だ」

「一杯や二杯じゃ酔いませんよ。飲ませてやりましょう」

「だめだ、先生。そいつはだめだ」

「どうして？」

「コップがひとつしかないでしょう」

「いいでしょう、このコップに注いでやれば。どうせみんなでまわして飲んでいたんだから」

「先生にあっちゃかないませんな」と二連銃の村人が口をはさんだ。

「どうして？」

三人の会話は大男の耳に聞えない程度の小声で交わされていた。しかし大男は、やりとりの様子でおよその察しがついているようだった。そして彼はひどく戸惑った顔つきをし、いささか度はずれにあちこちを眺めた。

「飲ませてやってもいいでしょうに？」と忠夫は言った。

宿屋の主人は二連銃の村人と顔を見合せ、それからしぶしぶ罎を傾けてコップにウイスキーを注いだ。

「ほら、飲めよ」と彼は言って、コップをさしだした。

大男はうろたえ、頭を振って幾度も断わった。

「寒いでしょう」と忠夫もすすめた。

「早く飲め」と宿屋の主人。「先生もせっかくああ言ってくれるんだ」

「飲みたくてどうしようもねえくせに」と二連銃の村人が言った。

三人の顔色をうかがいながら、大男はそろそろと右腕を伸ばしてコップをつかみとった。宿屋の主人は素早く手をひっこめた。

コップを受けとってからも大男は、本当に飲んでいいものかどうかといぶかって、口をつけないでいた。

「さっさと飲め」宿屋の主人がそっぽを向いて促した。「ぐずぐずするな」

「ゆっくり飲んでいいよ」と忠夫が言った。

大男はまるで毒薬でも呷《あお》るようにして、眼を閉じて上体をのけぞらせ、一息に飲み干した。喉が鳴った。よほど酒に強い者でなければ、決してそんな飲み方はできなかった。もう一杯注いでやるために、忠夫は彼のところまでにじり寄った。するとそのとき、壜がコップの縁に触れるより一瞬早く、宿屋の主人のぼってりした手が伸びてコップを奪った。彼はいびつな微笑を浮かべて、「さあ、またこっちで飲みましょう」と言った。

コップは二連銃の村人の手に移ったが、彼は酒を注ごうとしないで、それを流れに浸してゆすぎはじめた。彼も宿屋の主人も不機嫌そうに黙りこくっていた。コップをゆすぐほど河の水はきれいではなく、山奥にある粘土が溶けこんでいて、白っぽく濁っていた。彼はコップの底まで指を入れて洗い、ことに大男が唇をつけた縁の部分を丹念にこすった。

首をほんのわずかねじったとき忠夫は、宿屋の主人が二連銃の村人に眼配せするのを見た。軽く咳払いをし、頭を左右に振って、二、三回まばたきをした。あるいは、そう見えたのは彼の思いすごしかもしれなかった。しかし、ふたたび二連銃の村人の方を見たときには、すでにコップが流れに没する寸前だった。手からはなれたコップは右へ左へと傾いて、濁った水中へ消えて行った。

「あ、やった」と二連銃の村人は短く叫んだ。ついで、そっけない、言いよどむような口調で、「しまったなあ」とつぶやいた。

「いいさ、いいさ」と宿屋の主人が言った。

ふたりが示し合せて故意にしたことなのか。わざと手を滑らせたのか。忠夫にはわからなかった。眼配せも、コップが流れの底へ沈んだのも、まったくの偶然かもしれなかった。いずれにしても、もはやボートのなかにはコップがなかった。宿屋の主人たちはらっぱ飲みをしていた。大男はといえば、気もそぞろといった様子で、びくびくしていた。誰とも視線を合せないように、絶えずよそ見をしていた。泊り客が眼をさまして、横たわったまま空を眺めていた。

ウイスキーの壜が忠夫にまわってきた。彼は口を近づけたが、強い悪臭が鼻をついて、とても飲めなかった。コップを使っていたときにもいくらか臭ったが、それほどひどくはなかったのだ。壜の口のまわりにべったりと臭いがしみついていた。ニンニクを常食しているのは、宿屋の主人だった。彼にかぎらず、村にはニンニク酒を飲む習慣があった。忠夫が村の中学校へ転任してきて、教室に入ってまず感じたのがその臭いだった。冬の寒い日には、学校の建物全体が臭かった。彼は飲むふりをして壜を返し、悟られないように掌をズボンで拭いた。

ふたりの村人は代る代る飲み、村長選挙の話に夢中になっていた。大っぴらに酒を飲ませる方法より、一戸あたりにつき二千円を入れたのし袋を配る方が安全ではないか、と相談した。つづいて、彼らの敵になる数人の村人の名前をあげ、ひとりひとりの悪口を言い、甲高い声で笑った。ボートがこまかく震えた。

「こっちにも飲ませろよ」と泊り客が起きあがって言った。「コップはどうした?」

「さっき落したんですよ」と宿屋の主人が教えた。

泊り客はらっぱ飲みをしようとして、忠夫と同様、悪臭に気づいた。彼は顔をしかめ、壜の口に鼻を押しあてて嗅いだ。

「なんです?」二連銃の村人が彼にたずねた。「飲みすぎたんで吐きたいんでしょう? あまり飲むからだ」

「臭くって飲めやしない」と泊り客は大声で言った。「いったいおまえらは普段なにを食ってるんだ、ええ?」

彼は壜に蓋をして舟底にころがし、しかも靴の先でちょっと蹴ってみせた。ウイスキーが壜のなかで波打った。

「臭い連中ばかりだ」と彼は言った。

「おれたちゃどうせ田舎者ですよ」と二連銃の村人が言った。「町の人間みたいにはゆきませんね」

「まあ、まあ」宿屋の主人が作り笑いをして、太った体をゆすった。「帰って、カモで一杯やりましょう。それでいいでしょう?」

泊り客は束の間冷淡な眼ざしで村人たちを見つめ、そして忠夫の顔を見て薄く笑った。彼は忠夫が村の人間でないのを知っていた。

ボートは藪に覆われた入江をめざして進んだ。相変らず番小屋の扉は閉じていた。手漕ぎのボートも、杭に繋がれたまま動かなかった。してみると番人はやはり林道を通って家に帰ったのだろう、と忠夫は思った。

大男の態度が一変しているのを見て、忠夫は驚いた。泊り客が例の臭いを指摘した途端に、変っていた。これまでの伏し眼がちな表情をやめて、唇を固く結び、胸を張って長く尖った顎をつきだし、見るからに堂々としていた。彼はニンニクが嫌いで食べないのだ。

根元が水浸しになっている森からは、しょっちゅう水鳥の鳴き声が聞えてきた。艫の後ろに拡がるうねりのひだは、いつまでも消えないで、はるか遠方の岸まで達していた。

葉をこんもりと茂らせた大木の蔭にある入江にさしかかった。そこはいかにもカモがひそんでいそうな場所だった。泊り客ですら黙りこくって、息を殺した。忠夫は片膝をついて銃を構え、安全装置をはずし、照星を右眼の中心に合せた。獲物が飛びだしてきたとき果してうまく撃てるかどうか、彼は気がかりだった。焦るあまり、銃口がどこを向いているかも忘れて、でたらめに引き金を絞ってしまうかもしれなかった。だが彼は、二連銃や古ぼけた単発銃には負けたくなかった。へまをやると、彼らはまたきっと銃より腕だと言うにちがいなかった。ふたりの村人は忠夫の背後に立って、近づいてくる大木を見つめていた。

「いないな」突然大男が言った。低く、重々しい声だった。「あんなところにゃいないな」

「うるせえ」すかさず宿屋の主人が言った。「おまえは黙ってろ」

舳先が入江の端に届き、三丁の銃がそろって静止した。泊り客が唸《うな》り声をあげていた。

忠夫は息がつまって、自分がどこを見ているのかわからなくなった。視界にある景色がゆがんでいた。肱《ひじ》がつっぱり、上体がこわばった。

しかし、大男の言ったことは本当だった。ボートが入江を通りすぎても、カモは飛びたたなかった。皆はため息をついて、舌打ちをしたり、銃をつかんだ腕をおろしたり、口汚く罵《ののし》ったりした。

「撃て、撃て」と泊り客がわめいた。

「ふん」宿屋の主人が大男を指さして言った。「たまにはこいつの言うこともあたるな。ほかに能がねえのに」

「じゃあ、どこにいるのか教えてもらおうか」と二連銃の村人が言った。

大男は顎をしゃくって番小屋の方を示した。

「あんなところにいるのか？」と宿屋の主人が訊いた。

「うん」大男は自信たっぷりにうなずいた。「この辺にはいない」

出かける前に、番人がいた場合はどうするかで話し合った。もしそうなったら逃げるだけだ、と宿屋の主人が意見をまとめ、手漕ぎのボートでは追ってこられない、と言った。

沼地にエンジンの音が響き渡って、森に隠れている水鳥の鳴き声が静まった。

大木の反対側に出てまもなく、番小屋にはまだ遠いというのに、三畳分の広さしかないごくありふれた入江で羽音がし、水がはねた。三人が銃を構えたときはすでに遅く、数羽のマガモが空高く舞いあがった。同時に銃が震動して、煙を吐いた。忠夫は焦りに焦って、五発撃ちつくしてからも引き金を絞っていた。泊り客はうっとりと銃声に聞きほれていた。安全な高さまで上昇したマガモは、弾ごめに手間どっている隙に、森の方へ飛んで行った。

「このばかめ」と宿屋の主人は大男に怒鳴った。「みろ、いたじゃねえか」

「調子づきやがってえ」二連銃の村人も言った。「全部逃げちまった」

大男の態度はふたたび元に戻った。深々とうなだれて、上目遣いに皆を見あげ、しきりにまばたきをくり返した。宿屋の主人は執拗に彼の失敗を責め、小言を口走っていた。あんな風に言わなければ残らず撃ち落せた、ばかな奴には手がつけられない、おかげで今日は台なしだ。

「もういいじゃないですか。すんだことですし」と忠夫は言った。

「言うときに言っておかないと、つけあがりますからね」と二連銃の村人が言った。彼はウイスキーの壜をニンニク臭い口に押しあてた。

ボートは反転して、沼地をひき返しはじめた。番小屋には依然人影がなかった。忠夫は暇つぶしに双眼鏡であたりを眺めた。高々と昇った陽が水面をまぶしく光らせていた。山々は色とりどりのまだら模様に染まっていた。彼は森の手前に浮かんでいる二羽のカモを見つけた。

「本当だ、いる、いる」と宿屋の主人が言った。「だけど、先生、ありゃカモじゃねえ、オシドリだ」

「それじゃ撃てませんね」と忠夫は言った。

「撃てますよ」

「警察ではだめだって言ってましたよ」

「手ぶらで帰るよりいいでしょう」と二連銃の村人が言った。「天然記念物ってわけでもないしね」

「撃て、撃て」泊り客が叫んだ。「全速前進！」

「いや、ゆっくりだ」と宿屋の主人。「そうっとやれ」

ボートは速度を落し、皆は身を伏せて物音をたてないようにした。射程距離に入るまでは、獲物にボートを丸太かなにかの漂流物と思いこませていなければならなかった。

一分間ほどもかけて忠夫は十センチ頭をもたげ、オシドリを見た。光を反射させないために、双眼鏡のレンズを半分掌で覆った。二羽はつがいで、ぴったり寄りそって泳ぎ、もぐるときもいっしょだった。彼はオシドリを見るのは初めてだったが、雄の方はカラー図鑑に載っているのとそっくりで、見事な色の羽を持っていた。

二羽はボートに乗った人間に気づいていなかった。急に曲って泳いだり、尻をあげてもぐったりしていた。

大男はエンジンをとめて、オールの代りに手をつかって水をかき、ボートを静かに進めた。あと十メートル近寄る必要があった。忠夫は前にいるふたりにならって、そろそろと腰を浮かせ、銃を水平にした。肉眼でもはっきりと見えるようになった。飛びたった瞬間に撃つんだ、と彼は幾度も自分に言い聞かせた。

充分な距離に達し、宿屋の主人が舟底を踏み鳴らした。

まず、はばたきかけた一羽が、二連銃の弾をくらって落ちた。水面がはげしくかき乱された。つづいて雄の方が、忠夫のブローニング銃の照星につかまった。オシドリたちは、彼が想像していたより動きは鈍く、容易に狙いがつけられた。下宿の庭先で何百回も練習したときのように、彼は落着いて撃った。一発、二発と撃ち、三発目で羽が飛び散り、獲物は浮力を失い、ゆるいカーブを描いてボートの後方の水面に落下した。

最初に撃ったにもかかわらず命中させられなかった宿屋の主人が、「連発にゃ勝てないね」と言った。

十発以上の散弾を浴びて即死した雌は早くも沈みかかっていたが、忠夫の撃ち落した雄はまだ、先端が折れた翼を打ち振ってもがいていた。宿屋の主人が身を乗りだして拾いあげ、両脚をつかんでボートの縁に頭をたたきつけた。オシドリは全身を痙攣《けいれん》させた。

死んだ二羽は舟底に並べて置かれた。びっしょりと水に濡れて、弾のめりこんだ跡が赤くにじんでいた。泊り客は視線をそらして、なるべく血を見ないようにしていた。

「早くしまってくれ」と彼は言った。「そういうのを見るのは苦手なんだ」

「オシドリを撃ったなんて知られるとうまくないですね」と忠夫が言った。

「先生って商売も楽じゃないね」と二連銃の村人が言った。「これはカモですよ。まあ見ていてくださいな」

彼は雄をつかみとり、慣れた手つきで羽をむしりはじめた。雌は宿屋の主人がむしった。大男は風でボートのなかへ散らばった羽を拾って水面に流した。丸裸にされたオシドリはカモと酷似していて、まったく見わけがつかないくらいだった。

「どうです、先生?」宿屋の主人が訊いた。「カモでしょうが?」

彼は二羽を小さな麻袋にくるみ、衣服についた羽を払い落した。

その後、沼地を四周した。だが、獲物は見つからなかった。逃がしたマガモの群も二度と姿を現わさなかった。正午を過ぎた。ボートは奔流をさかのぼって行った。腕前を見せることができなかった宿屋の主人は、帰りに期待していた。

円く池のようになった淀みで、彼らは木々のあいだに坐っている若い男女を見た。草地に腰をおろしてしゃべっていた。女の着ている赤色のシャツが下生えの緑に映えていた。そして、彼らの上の林道には、銀色に輝く一台のオートバイが停めてあった。たぶんふたりはずっと遠くの町からやってきたのだろう、と忠夫は考えた。宿屋の主人は大男に、ボートを彼らの方へ向けるようにと命じた。二連銃の村人も泊り客もにやにや笑っていた。

ボートは若い男が身につけているシャツの柄が見えるところまで進んだ。

「撃て、撃て」と泊り客が叫んだ。

それから、彼の言葉通り、宿屋の主人が狙いをはずして一発撃った。ついで、二連銃の銃身がはねあがった。林道の下の斜面に坐って河を眺めていた若い男女は、さほど離れていない場所に生えている木々の枝や葉が飛ばされる音を聞いた。ふたりはびっくりして立ちあがり、四つん這《ば》いになって斜面をよじのぼった。女はつまずいて二度ばかり倒れた。男は細身のズボンをはいた脚をぎくしゃくさせてエンジンをふかし、女は後ろにまたがって彼の背中にしがみついた。

土埃を舞いあげて林道を走り去るオートバイをめがけて、宿屋の主人がまた一発撃った。

「警察に駆けこまれたらどうするんですか?」と忠夫は言った。

「大丈夫」と宿屋の主人が言った。

「こっちは困りますよ」

「百姓は気楽でいいや」と二連銃の村人が言った。

泊り客は大声で笑っていた。

「村中の者が先生の味方でしょうに」と宿屋の主人が言った。「あんな小僧っこどもの話をまともに信じる奴はいませんよ」

「心配性なんだなあ、先生は」と二連銃の村人が言った。

オートバイの音はすでに消えていた。ボートはゆっくりした速度で流れをのぼって行った。撃ち落されたオシドリは、包んだ布に赤いシミをつくって、艫の隅にころがっていた。

昇りつめた陽は、山肌を、河を、銃を、彼らの頭を照りつけて、ありとあらゆるものを暖めていた。灌木《かんぼく》に覆われた低い山では、キジを撃つ銃声と猟犬の吠える声とがひっきりなしにくり返されていた。

ウイスキーは一滴残らず飲みつくされていた。宿屋の主人は忠夫のブローニング銃を借りて、三本の空壜を空中高く放り投げ、次々に命中させてみせた。余った弾を片づけるつもりで、彼ら三人は動くものを手あたり次第に狙った。河原の石から石へ移りながら尾を振るセキレイを撃ち、秋になっても死にきれずに飛んでいるモンシロチョウを撃った。また、流れが林道へ近づくと、木々を通して見える道路標識を的に、射撃の腕を競った。忠夫はたった半日でだいぶ上達した。しかし、大きなヤマセミを発見して一時間以上も追いまわしたが、遂に仕留められなかった。ヤマセミは利口だった。隠れるこつをよく知っていて、岩場の角を曲るともうどこにもいなかった。

弾は尽き、行手にアーチ形の赤い橋が迫っていた。忠夫は銃と弾帯をケースにしまった。宿屋の主人は二連銃の村人と、一年先の選挙の話をしていた。のし袋を配る口実と相手の件でもめていたが、結局は意見がまとまった。彼らは満足そうだった。泊り客は体をくの字形に折って眠っていた。大男は相変らずうなだれて、水面に映る景色に注意しながら舵をとっていた。

忠夫は早く皆と別れたかった。猟のあと宿屋の一室で開かれる酒盛りの席には出たくなかった。

桟橋にボートを寄せるとき、大男の不注意で、舟底が岩の角にこすりつけられた。穴はあかなかったが、宿屋の主人はひどく怒った。大男の胸ぐらをつかんだり耳たぶをつねったりして、罵った。大男はおとなしくされるままになっていた。そして、皆が岸へあがると、彼はエンジンをとりはずして肩にかつぎあげて、ひと足先にどこかへ帰って行った。

「家へ行って一杯やりましょう」と宿屋の主人は誘った。「オシドリはちょっと味が落ちますがね」

「いや」と忠夫は断わった。「これから調べ物をしなくちゃあ」

「夜にやったらいいでしょう」

「きのうもサボったから。この次にしますよ」

「付き合いが悪いんだね」と二連銃の村人が言った。「ここでは百姓も学校の先生もみないっしょに飲まなくちゃいけないな」

四人は宿屋へ向ってまぶしく輝く坂道を歩いた。すれちがう村人たちは、愛想笑いを浮かべてていねいに挨拶した。彼らは真っ先に宿屋の主人にお辞儀をし、それから忠夫に頭をさげた。

「いいじゃないですか、飲みましょうや」とまた宿屋の主人が誘った。

大男はどうするのか、と忠夫はたずねてみた。

「あんな役立たず」

「よさそうな人なのに」と忠夫は言った。「酒も好きそうだし、仲間に入れてやったらどうです」

宿屋の主人と二連銃の村人は、口をつぐんで顔を見合せた。

「別に仲間はずれにゃしてません」と宿屋の主人が言った。「さっきまでちゃんと同じボートに乗っていたでしょう?」

「……」

「先生は変に気をまわす癖があっていけないや」と二連銃の村人が言った。

「この連中はねえ」と泊り客が言った。彼はもはや酔っていなかった。「どいつもこいつも同じなんですよ。みんなニンニク臭くってね」

宿の前にきて、忠夫は三人と別れた。彼らはオシドリを手にして、庭から玄関へと入って行った。

忠夫は校庭を横切り、あぜ道を通って、下宿へ帰った。家の者たちは畑へ出ていた。彼は自分の部屋へ行き、銃を押し入れにしまった。それから弁当を食べて眠った。

夜になった。

外では強い風が吹いており、谷全体がはげしい物音をたてていた。診療所には、有線放送を聞いた二十人ほどの村人が集まっていた。だが、全員が宿屋の主人と親しい者たちばかりで、彼が村長になることに反対する者はひとりもきていなかった。

泊り客が足を踏みはずして河原へ落下するのを目撃した村人が、そのときの様子を詳しく説明していた。彼は酔って橋の欄干の上を歩いたのだ。橋から河原までは最も低い個所でも五メートルはあり、命を落さなかったのが不思議なくらいだ、としゃべっていた。

宿屋の主人と二連銃の村人は待合室の片隅で密談していたが、忠夫を見ると、青ざめた顔で近寄ってきた。

「ぼくの血でも役に立つかと思って」と忠夫は言った。

「すみませんね、先生」と宿屋の主人が言った。「危ないってとめたのに……酔っぱらって」

「脚をやられたんです」と二連銃の村人が言った。「骨が折れちまってはみだしてね、そりゃあものすごい」

「あの人はもう泊ってくれなくなる」宿屋の主人はうろたえていた。「きっと来年はこないよ」

診察室からは怪我人のわめく声が聞えていたが、やがて急におとなしくなった。皆は話をやめて、耳を傾けた。

看護婦が現われて、集まった村人の耳たぶを切り、血液型を調べはじめた。しかし、輸血に使用できるのは三人だけで、忠夫のも合わなかった。彼女はひとりあたり二百ccの血を抜きとって医者のところへ持って行き、ふたたび戻ってくるとあと百ccずつ抜いた。

成り行きを見物していたいので、村人たちはいつまでも帰ろうとしなかった。忠夫も同様だった。彼らは皆、年に一度あるかなしかの事故が起きて、興奮していた。

宿屋の主人は、少しもじっとしていなかった。むやみに歩きまわったり、扉を開けて診療所の外へ出て行ったかと思うと、すぐに戻ってきたりしていた。

「家族の者には連絡したんですか?」と忠夫は訊いてみた。

「そいつがわからないんで」と代りに二連銃の村人が答えた。「電話番号もさっぱり」

「毎年きている人だから住所くらいわかるでしょう?」

「まるっきりでたらめで。いくら捜してもそんな町はどこにもねえんだから」

「だけど金払いはいい人だ」と宿屋の主人が言った。「いちばん上等のお客だ」彼はふいに黙ってしまい、うつろな眼つきをしたあと、またつづけた。「これにこりたりしなきゃいいんだが……」

医者の妻が奥の部屋から現われて、みんなにお茶を配った。彼女は冷ややかな態度だった。待合室にこもったニンニクの臭いに顔をしかめると、あわてて引っこんだ。そうした彼女に気づいたのは、忠夫だけだった。村人たちは茶を飲み、怪我人よりも宿屋の主人に同情して、陰気な表情でひそひそしゃべっていた。

ニンニクの臭いやら煙やらで、部屋の空気が濁ってきた。忠夫は立ちあがって、窓を開けた。風はやんでいて、谷は物音ひとつたてていなかった。吹きまくった突風が雲を押し流し、月が見えた。冷えた夜気を顔に受けながら、彼は村人たちの会話に耳を傾けていた。人々は八百人ものおとなが住んでいる村なのにたった二十人しか献血に集まらないと言って怒っていた。とりわけ実際に血を抜かれた三人は、非常に不機嫌で、薄情者ばかりそろっていると口々に言っていた。

奥の部屋では、医者の子供たちがはしゃぎまわっていた。ふたりの男の子で、廊下や縁側を走り、ときどき母親の眼を盗んでは待合室へも顔をだした。村での生活を喜んでいるのは子供だけで、医者も彼の妻も町に住みたがっていた。

あわただしいスリッパの音がして、看護婦がやってきた。顔が半分隠れるような大きなマスクをかけて、両手を濡らしていた。皆は一斉に彼女を見た。

「またお願いします」と彼女は、採血用の注射器をふりかざして、三人の村人に言った。

「足りないんです。誰か別の人を呼んでください」

忠夫は受話器をとりあげて、有線放送の事務所を呼んだ。相手はなかなか出てくれなかった。時間になったので、帰宅したのかもしれなかった。だが、ややあって、聞き馴れた若い女の声が返ってきた。彼は手短に事情を伝え、もっと大勢の村人が診療所へきてくれるようにアナウンスしてくれと頼んだ。彼女は承知し、十時までは帰宅しないつもりだとつけ加えた。

看護婦は素早い手つきで、二百ccずつ血を抜きとった。これでひとりあたり五百ccをとったことになる。

「大丈夫かい、そんなにも?」と三人のうちのひとりがたずねた。

「まさかこっちがくたばるんじゃねえだろうな?」と別のひとりが訊いた。

「なんだかふらふらしてきたよ」と三人目も言った。

「静かに横になっていてください」と看護婦は言った。マスクをしているので表情はわからなかったが、声の調子は落着いていた。

彼女は血液を持って帰った。

宿屋の主人はずっと立ちっぱなしの姿勢で、爪を噛んでみたり頭をかいたりしていた。その間、二連銃の村人は入口の扉に近い隅にしゃがんで、小さなノートに鉛筆で何か書きつけていた。忠夫が傍《そば》へ行くと、彼はノートをポケットにしまった。

「隠さなくたっていいでしょう」と忠夫は言った。

二連銃の村人は、宿屋の主人に頼まれたのだと前置きして、協力してくれた者たちの氏名を控えているのだと言った。

「いえね、先生」と彼はつづけた。「あとでもって礼をしなくちゃならんでしょう」

「これではっきりしたんではないですか」と忠夫は皮肉っぽく言った。

「何がです?」

「票数ですよ。案外少ないんだな」

「また変に気をまわして」

「二十一人か。負けるでしょうね」

「もっと集まりますって、みんなまだ知らないんだから」

有線放送がはじまり、村中に献血する者を募った。彼女は芝居じみた訴えるような声で告げた。

ほどなく、五人がうちつれて待合室に入ってきた。ひとりは女だった。しかし、ふたりまでが風邪をひいて微熱があり、ひとりは痩せすぎ、あとのひとりは型がちがっていた。仕方なく看護婦は、最初の三人に頼った。三人は当分仕事にならないとぐちをこぼした。だが、とても元気そうだった。そして三十分後に、夜道を歩いて数人がたどり着いた。二連銃の村人は氏名を控える仕事に忙しかった。待合室はいっぱいになり、身動きできない状態になった。宿屋の主人はひとりひとりに礼を述べていた。すまない、すまないと言い、そのうち必ず恩返しをするとも言った。彼は次第に気をとりなおしていた。氏名を書きつけたノートを覗きこみ、忠夫に煙草をすすめた。

「助かった」と彼は言った。「もう心配はない」

「そんなことわかりませんよ」と忠夫は言った。

宿屋の主人は床に坐りこんだ村人たちをかきわけて行き、有線放送の事務所に連絡をとった。前回と同じ内容のアナウンスがくり返されて、外に足音が聞えた。

入ってきたのはひとりで、それは昼間ボートの舵を操っていた大男だった。彼は頭を天井にぶつけないように上体をかがめ、顔を伏せていた。皆はこのおずおずとした態度の新参者を見あげ、視線をそらしてひそひそ話をした。

もし型が一致すれば、と忠夫は考えた。この男ならいっぺんに大量の血を抜いても平気だろう。まさに打ってつけの人間だ。

「早く検査してもらいなさい」と彼は大男に向って言った。

「よくきたな」と宿屋の主人も言った。「だけどもいいんだよ」

ひそひそ話が中断した。ほかの者たちは黙って聞き耳を立てていた。

「間に合ったんだ」と宿屋の主人は言った。優しくて親切な声だった。「帰って眠ってもいいぞ」

彼は大男の背中に手をかけて、扉の方へ連れて行った。大男の姿が闇に呑まれて見えなくなると、彼は微笑を消して荒々しく扉を閉めた。

「普段はのろまなくせに」と彼は誰にも聞えるような大きな声で言った。

集まった村人たちは、同じ話題に飽きて、世間話をしていた。それはある村人の噂だった。女が笑ったのをきっかけに、あちこちで笑声が起きた。忠夫はテーブルの縁に腰をおろして、窓越しに夜景を眺めていた。河に沿って人家の灯がちらばっていた。

九時になる直前、看護婦がもっと血を欲しいと言い、有線放送があらためて村中に報せた。だが、それ以上は集まらなかった。きたのは大男だけで、彼は心もとない顔つきだった。坂道を走ってのぼってきたのか、はげしい息づかいをして、額に大粒の汗を浮かべていた。

ところが、大勢の鋭い視線を浴びて、彼はまごついた。

「だけどもういいんだよ。事務所の方で間違えて放送したんだ。さあ、帰って眠れ」と言った。彼のやり口に反対する者はいなかった。看護婦ですら黙っていた。

忠夫は立ちあがった。

「帰るんですか、先生?」と宿屋の主人が訊いた。

「もう用がないもの」と忠夫は言い、扉に手をかけた。「あの人が助かってくれるといいんだが」

「大丈夫、これだけ大勢が協力してくれてるんですから」

「血は足りないんだろう?」

「あいつのことを言ってるんですね。あいつはだめです、見かけはでかいけど」

「病気にかかっているのかな?」

「いや、病気なもんですか」と宿屋の主人は言った。「そんなことどうだって……。気をつけてお帰んなさい」

「来週また撃ちに行きましょうや」と二連銃の村人が言った。

「さよなら」と忠夫は言った。


診療所を出て、忠夫は坂道を下って行った。ぼんやりとだが、月明りで谷の隅々までが見えた。蛇行して流れる河面が鈍く輝いていた。浅瀬では絶えず水の音がしていた。来週はひとりでキジを撃ちに行こう、と彼は決めた。河が木立に隠れる場所へ出たとき、診療所へ向う四人の村人に出会った。彼らは忠夫に挨拶をして、賑《にぎ》やかにしゃべりながらぞろぞろと歩いて行った。

夜は真夜中

◇

夜は真夜中。街は雨。ポプラの木蔭で濡れているのは彼と猫。ほかには誰もいない。

少年の周囲にあるのはもはや雨のしずくと濃い闇だけ。タクシー一台通らなくなった道路は、音もたてずに雨を受けとめて青く光りつづけ、まだずっと先の暁光を待ちわびている。

猫は少年の足元にすり寄って行き、コットン地のズボンの裾を舐める。彼は静かに身を沈めて、毛糸のかたまりみたいなその小動物を抱きあげ、頬をこすりつける。そして真剣な面持ちで、右手の指全部を器用に波打たせて愛撫する。猫は絶え間なく低い声をあげてうっとりする。

雨の種類は霧雨で、闇はたっぷりと湿っている。蒸し暑い大気はのべつ揺らいで、街路をはさむポプラの葉を一様にざわめかせている。

寒くもないのに、少年は猫を撫でながら幾度も身震いする。どこからか人間のものらしい足音が聞えてくるたびに、彼はそうやって体全体をこまかく震わせるのだ。足音が近づくにつれて震えははげしくなり、動悸がし、ポロシャツから突き出ている白くほっそりした腕に無数の鳥肌が立ち、突然樹脂の甘い香りを感じた彼は、思わずポプラの幹を抱きしめたくなる。とりわけ足音の主が異性だと知ったときには、気持が高ぶるあまりめまいがして、とても立ってはいられないほどになる。

少年はこのところ毎晩そんな調子である。陽が落ちてあたりが暗くなり、夕食がすんで家人が寝ついた頃、彼は決まってひそかに家を抜け出す。長い時間をかけて自室の窓を静かに開け、細心の注意をはらって屋根を這い、ついでサルスベリの枝に飛び移り、靴を両手に持って虫が鳴いている庭を横切り、それから塀伝いに路地の奥へと消えるのだ。無事にここまで来るには、とても神経を遣わねばならない。呼吸が乱れ、肺のなかは恐怖でいっぱいになる。しかし恐怖といっしょに期待でもいっぱいになり、結局は期待が打ち勝ってしまう。

そして少年の未熟な体は、玄妙な夜のいけどりとなる。今夜こそ何事か起きてくれるだろうと、今夜こそ自分の体をどうにかしてくれる何者かが現われるだろうと思っただけで、彼の脚はゼンマイ仕掛けの人形みたいに勝手に進んで行く。そうなるともはや彼の力ではどうすることもできない。

いよいよ家を抜け出すというとき、少年はかならず鏡の前に立つ。大きな鏡に向って、頭からつま先までじっくりと眺めまわす。あれについてはまだ何も知らない十五歳の少年とは見られたくないので、兄から無断で借りたシャツとズボンを身につける。頭にしてもそうだ。母親がとても好きだという髪型をドライヤーと整髪料とであっさりくずし、額に垂らした前髪を一本残らず後ろへ持ってゆく。彼は思う。薄暗い場所でなら十九か二十に、あるいは兄より年上に見えるかもしれない。

だが今の彼の髪は、雨に濡れて元通りのいかにも少年にふさわしい型に戻っている。幾つもの危険を冒して家を抜け出してきたにもかかわらず、今夜もまた彼はどうすることもできないでいる。まだ彼には自分からは何もできない。すでに二時間もそうして待ちかまえているのに、彼が触れたものといえば迷い猫一匹だけだ。彼に興味を示してくれたのはずぶ濡れの三毛猫にすぎない。二時間のうちに十七人もの人間が通ったというのに。

少年は鬱蒼《うっそう》と繁った公園の木立の上にそびえている時計台を見あげる。青い照明が文字盤をくっきりと闇に浮きあがらせている。もう期待を放り出して、すっかり諦めなければならない時間だ。そう思うと彼は途端に気落ちして、急に熱がさめてしまい、抱いていた猫をやにわに高々とさしあげて思いきり強く路面にたたきつける。

あまり突然のことだったので猫は空中で体を回転させられず、背中をしたたか打って、奇怪な声で叫びながら公園の木立の奥へと一目散に逃げて行く。するとややあって、木立のあちこちから甲高い女の悲鳴が生じ、つづいて男の笑声があとを追う。

少年は驚く。こんな雨降りの晩でも連中は公園に来ているのか。今晩も晴れた夜のように大勢の男女が一本一本の樹の下で抱き合っているのか。しかし、少年は彼らに興味はない。彼らのしていることに関心があったのは、ずっと以前、たしか去年の夏までだ。あんなものをどんなに近くで見ても面白くはない。自分で試してみなくては面白くない。それには何よりもまず相手が必要だ。

猫に驚いた女の悲鳴がまだ少年の耳に残っている。また、男の笑声も。いましばらく待ってみよう、と彼は思いなおす。あと三十分ほど待ってみよう、と思う。このまま帰っても眠れるものではない。

ポプラの樹に背をもたせながら少年は、見つけた相手と腕を組んで、玉ヒバをまたいで公園の木立へ入って行こうとしている自分の姿を想い浮かべる。それはここ数日間に何百回となく繰り返している想像なので、まるで映画でも観ているようになめらかに情景が展開する。

だけど、少年は心のうちでつぶやく。だけど、そのひとは本当にぼくとなんかいっしょに公園へ入ってくれるだろうか。果してぼくみたいな子供をまともに相手にしてくれるだろうか。

ともかく二人は、公園を訪れるほとんどの男女がそうするようにしっかりと手をつないで、一直線に並んだ玉ヒバをまたぐのだ。玉ヒバをまたいでしまえば、あとは簡単だ。とはいっても、実際にはどうしたらいいのだろう。ぼくは何も知らないんだ。こっそり集めたおとなの雑誌を詳しく読んでも、男や女や大勢裸で抱き合っている映画の広告を見ても、肝心なところがまるでわからない。

心配することはない。ぼくが知らなくても相手が知っているにちがいない。風呂へ入るときみたいに、ぼくはただ黙ってシャツやズボンを脱げばいいのだ。いや、それも相手がやってくれるかもしれない。ぼくは何もしないで、マネキンみたいにじっと立っていよう。

今夜ぼくは誰かと玉ヒバをまたいで公園に入って行くだろうか。あと三十分のうちに、誰かが現われるだろうか。現われて、ポプラの蔭に立っているぼくに興味を示してくれるだろうか。異性なら誰でもかまわないんだが。

誰かが来る。

向う側の歩道を誰かがゆっくりとやって来る。ゆっくりとした、聞き覚えのある重々しい足音。姿を見るまでもなく、少年にはその足音の正体がわかっている。彼がポプラの樹の下からあまり動かないでいるのも、その足音のせいだ。そいつが来たときに素早く身を隠すためには、枝振りのいいポプラの下にいるのが最も好都合なのだ。

懐中電灯のオレンジ色の光の輪が角を曲る。と同時に、少年は小さくジャンプして頭上の枝にしがみつき、懸垂の要領で一気に体を引っぱりあげ、次の一瞬には深々と繁った葉のなかにいる。

公園の縁に沿って歩いて来るのは、いつもの若い二人の警官だ。彼らは歩きながら木立のなかへ光を投げ、ときおり立ちどまっては顔を見合せ、忍び笑いをする。今二人が立ちどまったのは、他人の交わりを見るためではなく、タバコを喫いたいからだ。彼らの顔と顔のあいだに火花が飛んだかと思うと小さな炎が生れ、豆粒大の光の点を二つ残してそれはすぐ消える。彼らは立ちどまったままタバコを喫って、小声で話す。だが距離があるので、少年には話の内容までつかめない。息を殺した彼は、樹の叉になったところに腰をおろして、じっとしている。葉の面に落下する雨音を聞いていると、まるで海岸か細流の前に佇んでいるような気分になる。しかし、彼は決して油断しない。視線は真っすぐに警官に注がれている。

二人の警官はせかせかとタバコを喫ってしまうとふたたび勤務に就くが、十歩も進まないうちにまたしても足をとめ、なぜか今度は懐中電灯の光を消し、物でも盗むような仕種《しぐさ》で玉ヒバの方へにじり寄って行く。彼らが一体何をしようとしているのか、まもなく少年はわかる。少年は思う。いい年をしてあんなものを見たがるなんて。ぼくも去年の夏頃までは毎晩見たくてたまらなかったが、今ではもう……。

玉ヒバの上に身を乗りだした警官たちは、首を亀みたいに突き出し、木立の奥の一点を見つめている。そして、腰を直角に折り曲げた無理な姿勢に疲れると、両手を路面についてしゃがみこみ、本格的に覗きはじめる。だが、ほどなく彼らはわざと大声で話をしながら行ってしまい、少年はまた地面へ降り立つ。

雨の粒はますますこまかくなって、今や雨というより霧そのものみたいに空中に漂っている。あと十五分ほどで家に帰ると決めた時間になる。

昨夜と同様、今夜もまた何事も起きないのだろうか。今夜もまた骨折り損に終ってしまうのだろうか。今夜もまた布団にもぐりこんでおとなの雑誌を繰り返し繰り返し眺めるだけなのだろうか。

少年はポプラの幹を優しく、ついで力いっぱい、あらんかぎりの想像力を働かせて、抱きしめる。樹皮はなめらかな異性の肌。葉のかすかなざわめきは異性の吐息。そして霧雨の湿りは……。すると少年の体のなかではまたしても性の充溢がはじまる。彼はすでに自分の肉体をどうしていいのかわからない。彼の唇はすでに幾度となく女の首筋や乳房を吸いつづけている。彼の手はすでに……。

少年は突然不安に陥る。自分のしていることの異様さに気がつく。それには毎晩気がつくのだが、毎晩どうすることもできない。

まるではじかれたみたいに、少年は女の体から離れる。まるで有刺鉄線の束に触れたみたいに、ポプラの樹から離れる。同時にいつもの後悔がはじまる。眼の前の太い樹に頭を打ちつけて、このどうかしている頭をスイカみたいに粉々に砕いてしまいたい、と思う。

思ってはみても決して実行しない。身震いしながら彼は気分が落着くのを待ち、ときおり顔をあげてはめくるめく夜の高空から降り注ぐしずくを唇で受けとめる。ついで視線を転じれば、公園の森の上に突き出た時計台が眼にとまる。彼がさっき自分に約束した時間はとっくに過ぎている。

やはり今夜も何事もなかった。ただ公園側の歩道を通ったとき、草むらから夜空に向って伸びた一対の白い脚を見ただけだ。ほかに収穫はない。それだけならわざわざ出向いてくる必要はなかった。草むらのなかの白い脚など珍しくもない。家へ帰って自室の秘密の場所を探れば、もっと素晴しい形の手足が複雑にからみ合った写真がたくさん出てくるのだ。下校の途中盛り場で拾った名のない雑誌には、外国の男や女が……。

ふたたび性への渇望が突然荒れ狂う。少年は家へ帰る気持を失くしてしまい、またしてもポプラの幹に背をもたせ、ここへ来たばかりのときより更に眼を輝かせて、通りの向うを見つめる。きっと誰かが来てくれるにちがいない。彼はそう確信する。何もあわてて家へなんか帰らなくてもいいのだ。もう少しいよう、と彼は心のうちでつぶやく。睡眠不足になっても、授業中に居眠りをすればいい。

もう警官たちは来ない。さっきの巡回が最後だ。雨はもはややんだに等しい。シャツもズボンも少しずつ乾いてきているし、街灯の光の滲《にじ》みも薄れてくる。

誰かの気配だ。しかも男ではなく女が現われそうな雰囲気だ。少年はそう直観する。足音や話し声や咳払いが聞えたわけではなく、ましてや黒い人影が見えたわけでもないのに、彼はそう思う。そして、血管が破裂しそうなほどの勢いで多量の血液を体の隅々まで送っている心臓の動きを感じながら、やや上体を前に倒して、右手の闇を睨みすえる。はげしい期待が少年を有頂天にさせる。

誰かが、男ではない誰かが、たしかにすぐそこまで来ている。間違いない、と少年は思う。その確実性が一体何に由来するのか、彼自身にもわからない。

かっきり一分後に、青い光に照らされた時計台の長針がスッと動いたとき、少年の予感は的中する。

女の体の線をもった誰かが、公園の角に忽然《こつぜん》と現われる。しかし少年は、相手の姿がはっきり見えるまで、ポプラの蔭に身を隠す。大丈夫だとは思うが、男ではないと思うが、念には念を入れなくてはならない。警官ではなくても、学校の関係者かもしれないのだから。

その影が街灯の下へきて、まず性別がはっきりし、ついで職業までもわかる。世間知らずのわずか十五歳の少年とはいえ、不真面目な職場で働く女であることは一目瞭然だ。酒や男やタバコや笑声に囲まれて、毎晩馬鹿騒ぎをして収入を得ている女にちがいない。もっともこんな夜更けに普通の女が、たとえば母親や姉や担任の先生のような女が歩いているはずはない。少年はそう思う。ぼくが用のある女はそんな女たちじゃないんだ。

次の街灯の下へ来るまで、その女の顔はまた見えなくなる。だが足どりはかなり乱れていて、更に近づくと彼女が鼻歌を唱っていることがわかる。まがいもなくあの種の女だ。男をどうかしてくれる女だ。しかも彼女はだいぶひどく酔っぱらっている。酔っぱらいは気ちがいと同じだ。気ちがいが相手なら何をやってもかまわない。だが、相変らず少年にはどうすることもできない。近寄って後ろから抱きつくとはむろん、声もかけられない。相手の出方を待つより方法はない。少年の冒険は彼女の反応如何にかかっている。

酔ってのろくさした歩調とはいえ、彼女は確実に前進している。ぐずぐずしていたのではせっかくの機会を、二時間あまりも雨のなかで待ちつづけて手に入れたまたとない好機を逃がしてしまう。彼女が通り過ぎてしまわないうちに、かねての手筈に従って実行しなければならない。

それは簡単だ。とても簡単なことだ。ごく自然にふるまって、相手を驚かせないように気をつけながら、車道を斜めに横断して向う側の歩道へ渡り、それから彼女のすぐ後ろを歩いてたちまち追いつき、あとはつかず離れず、ときおり肩を並べて進み、彼女の出方を待つのだ。たかがそれだけのことだ。ためらわなくともいい。

女は依然鼻歌を唱いつづけて、乱れた足どりで広場の方角へ進んでいる。タクシーをつかまえやすい駅の付近へ行こうとしているのか、あるいはこの近所にあるアパートへ帰ろうとしているのか。少年は考える。いずれにしても、人通りのある賑やかな場所へ出る前に、何とかしなくてはならない。

しかし、少年はためらう。ためらわずにはいられない。昨夜もそうだった。その前の晩もそうだった。そしてその前も、またその前の晩も……。いざとなると舌が乾いてもつれ、まばたきがひどくなり、脚が震えて、金しばりにあったみたいに体が動かなくなり、気がついたときにはもう相手は走っても追いつきそうもない遠くへ行ってしまっている。

あとの祭はもうたくさんだ。今夜こそだ、と少年は自分に言う。今夜こそきっとだ。こっちから手出しをするわけではないのだから、恐れなくてもいい。ただ向う側の歩道を歩くだけではないか。それのどこが悪いというのだ。

少年は前髪を撫でつけると、かなり苦労して口のなかにためた少ない唾を呑み下し、脚の震えがとまるのを待たないで、ポプラの樹を離れる。そして、大股に濡れて光る広い車道を横切りはじめる。一旦歩き出すと脚はなめらかに運ばれて行き、二人のへだたりはみるみるうちに縮小され、彼は自分のそうした体の動きがとても成熟していると感じつつ、知らず知らずのうちに大胆になってゆく。と同時に、意識は朦朧《もうろう》として、彼自身何をしているのか見当もつかなくなり、ひたすら前進する。

今視界におさまって右や左に揺れているのは誰か。背中の部分が腰のところまで裂けたデザインの濃い水玉模様のワンピースを着て、ちどり足で歩いているのは何者なのか。ぼくは一体彼女にどんな用事があるというのだ。果して彼女は思わくどおりの反応を示してくれるだろうか。本当に彼女は玉ヒバをまたいで公園の奥深く、木立のなかへ連れて行ってくれるだろうか。ぼくみたいな子供といっしょに……。

それはわからない。ともかく試してみなくてはわからない。

女はまだ少年に気がつかない。酔っていなければとっくに気がついているはずだ。車道を横切り終ろうとする寸前、少年はまたもや我に返る。だが、逃げだしたりはせず、むしろ前にも増して大胆になり、自信を強める。

彼女が不真面目でふしだらな職業に就いているのは確実だ。髪型にしても、服装にしても、化粧にしても、彼女のすべてがどんな種類の女かを示す証拠である。マニキュアの色、きらめくストッキング、背中が腰のあたりまでむき出しになっているワンピース、そしてあの独特の匂いもだ。彼女の体から発散している匂いは、少なくとも少年の周囲の異性は、たとえば母親も担任の先生も持っていない匂いである。しかも、どんな雑誌に載っている写真の女からも感じられない匂いだ。

少年は今、公園側の歩道を、女のすぐ後ろにぴったりとついて歩いている。彼の眼中には彼女の姿しかない。丸出しにした青白い背中、それはまぎれもなく写真で見た女の背中である。彼女は彼の前を全裸で歩いている。

香水といっしょに強いアルコールの匂いがする。だが、少年にはどうすることもできない。手出しはむろん、声もかけられない。それ以上の快楽を享受するには、彼女の出方を待つよりほかにすべはない。まだるさがもたらす苛立《いらだ》ちが少年の足を速め、遂に彼は女を追い抜き、追い越しざま横眼で彼女の顔を盗み見ようとするが、結局は何も見えず、勢いあまって彼は数メートル先へ行ってしまう。

少年が通り過ぎても、女の鼻歌はさっきと同じ調子でつづいている。酔っぱらっているために気がつかないのか。きっとそうだ。その酔いは店の外に出てからまわったものらしく、歩調はますます乱れて、ポプラの並木や街灯につかまらなければとても真っすぐに進められないほどである。

少年は足をとめ、ほくそえむ。ほくそえむつもりが、緊張と興奮のためにその顔は不様に歪む。しかし、警戒は怠らない。夜更けとはいえ、いつどこから誰が現われるともかぎらない。今必要なのは彼女一人だけだ。彼はいきなり身をかがめて靴の紐を結びなおすふりをし、腕と体の三日月型の隙間から背後を見る。靴の紐を結ぶ指が全部こまかく震えている。

あぶなっかしい足どりで、相変らず上体を右へ左へとのべつゆすぶりながら、だが着実に、女が近づいてくる。彼女の鼻歌が、異性の体臭が、刻一刻と間近に迫ってくる。

これは夢ではない。これは布団のなかの夢想ではない。本物の女がすぐ傍《そば》まで来ているのだ。少年は息苦しくなる。靴紐を結びなおすという胸を圧迫する無理な姿勢を保ちつづけて、まるで苦役に従事している河原の労働者みたいに辛抱強く、彼は待つ。

あとはもう待つだけだ。相手の反応に期待して待つよりほかにない。背後の乱れた音が自分の踵《かかと》に伝わってきたとき、少年は眼を閉じる。とても眼を見開いている勇気はない。一、二秒後には彼女の体がぶつかってくるに相違ない。うまくいけば彼女は倒れてくるかもしれない。そしてもっと運がよければ、まずあり得ないことだが、抱きついてくるかもしれない。もしそうなったときには、どうしたらいいのだろう。あたりには人っこひとりいない真夜中であっても、まさか路上でそんな真似はできやしない。玉ヒバの向う側でならどんなことでも平気でやれるが、ここではできない。いや、どんな場所であろうと、ぼくには何もできやしない。

鼻歌だ。

匂いだ。

もうすぐだ。

眉間に深い皺ができるまでしっかりと眼をつむり、唇が痙攣《けいれん》するまでに至った緊張に堪える。みだらな快感が銅線を走る電流みたいに、骨という骨、血管という血管、筋という筋の隅々まで駆け巡る。

次の瞬間、少年は腰のあたりに鋭い痛みを覚え、その原因がまだ理解できないうちに、言語道断な悲鳴に両耳をふさがれてしまう。それから彼は傍《かたわ》らをものすごい勢いで女が走り抜けて行くのをちらりと見る。

叫びながら、助けを求めながら、女は一目散に逃げて行く。髪をふり乱し、両手を前方に突き出し、今にも四つん這いになりそうな恰好で走って行く。

少年は相手の予想外の反応にすっかりうろたえる。頭が混乱し、弁解しなくてはと思って呼びとめる。手招きをして叫ぶ。しかし、どう声をかけたらいいのかわからず、口を半ば開けてその場に茫然と立ちつくしている。やがてようやく事態を呑みこむと、危険な立場に追いこまれた自分に気づき、彼もまた必死になって走り出す。女が逃げたのとは逆の方角へ、つまり自宅の方へ向って懸命に駆けて行く。雨に濡れた路面は滑り、二度も三度もたてつづけにころびそうになりながらも、巧みにバランスを保って突っ走る。

もうだめだ、と少年は心のうちで幾度も叫ぶ。もうだめだ。もうおしまいだ。ぼくはおしまいだ。あの女はぼくの顔を見てしまったにちがいない。顔や背恰好や服装をすっかり記憶したに決まっている。

女は真っすぐ広場まで行って、たちまち交番へ駆け込むだろう。すると当直の警官が街のあちこちへ電話をかけ、公園付近一帯は五分も経たないうちに包囲され、それこそテレビでやる刑事物みたいにすっかりとり囲まれて、いや応なしに捕まえられてしまう。ほかにうろついている者などいないのだから、ぼくはたちまち捕まってしまう。

少年は走る。

ぼくが警察なんかに捕まれば、みんなはびっくりするだろう。母だって、父だって、兄だって、姉だって、近所の人たちだって、クラスの仲間だって、担任の先生だって、親戚の者だって、ぼくを知っているみんなが、いやぼくのことをまったく知らない人たちだってさぞかし驚くだろう。ぼくだってびっくりしてしまう。みんなはこう言う。あんなおとなしい子が……。みんなはこう言う。まさかとは思ったけれど……。何とでも言うがいい。こうなってしまっては、どうせもう生きてはいられないのだから。捕まる前に死ななければならない。方法はまだわからないが、死んでやる。警官の姿が見えたらすぐに死んでやる。

死ぬことはない。何も死ぬことはない、と息せき切って走りながら少年は思いなおす。包囲される前に家へ帰っていれば死ななくてもすむ。いつもの通りサルスベリの木をよじのぼって屋根に飛び移り、窓から部屋へ入り、シャツやズボンや靴を全部天井の裏に隠し、素知らぬ顔で布団にもぐってしまえばもう心配はない。だけど、家へ着くまでに包囲されてしまったら、どうなるんだろう。どんなに急いで走っても家まではあと五、六分はかかる。まだパトカーの音は聞えてこないが、油断はできない。犯人に気づかれまいとしてわざと音をたてないで行動しているかもしれない。映画の刑事物ではそうしているではないか。

公園の外れにある坂道の上まで来て、少年は突然立ちどまる。坂道の下、百メートルほど下の池のほとりに、こっちへ向ってやって来る数人の黒い人影の一団を見たからだ。彼らは口々に大声をあげて坂道をのぼってくる。暗闇のためにしかとは確かめられないが、似たような体つきに見えるのは彼らが制服を着ているにほかならない。それは警官の制服にちがいない。

今度こそ本当におしまいだ、と少年は思う。そして彼はふたたび大げさに死を覚悟し、四方八方を急いで見まわして、身を投げたら楽に死ねそうな高い場所を捜す。あいにくそんな都合のいい場所はない。二十階建てのビルほどの高さがあるケヤキが一本正面にそびえているが、よじのぼっている暇はない。時間はほとんどない。制服の連中はすでに坂道の半分まで達している。

少年は夢を見ているような気分になる。あるいは、すべてが他人事のように思えてくる。あるいはまた、映画の主人公を演じているように錯覚する。でも、ぼくは犯人なんかじゃない。ぼくは何も悪いことなどしていない。緊張が限界をはるかに越えて、彼は逆に落着いてくる。彼は考える。逃げ道を素早く考える。そして考えつく。こうなってはもはや安全な場所はあそこしかない、と。

ふたたび少年は走る。今しがた来た道を全速力で引き返して行く。まず玉ヒバを越えて公園内の木立のなかを身をかがめて駆けて行く。草むらのあちこちにむき出しになった白い脚が幾つもちらばっているが、彼は眼もくれない。彼の足音に驚いて何組かの男女が、小さく叫んで身を起こす。

広い公園のどこかに隠れてもかまわないのだが、おそらく警官たちが真っ先に捜す場所だから、利口な方法ではない。少年は自分の頭の良さに感心して、ほくそえむ。今度は歪んだ表情ではなくて、完全なほくそえみだ。

急に足をとめ、ついで草地をつま先で道路の方へ進み、玉ヒバの上に身を乗り出して、通りの左右を見る。誰もいない。いや、もっとよく見なくてはいけない。街灯や並木の蔭に制服を着た男たちが息を殺して待ちかまえているかもしれないではないか。少年は足元の小石を二つ三つ拾って、それぞれ別の方向へ投げてみる。小さいがよく響く音がつづけざまに三回静寂を破る。だが、あたりに何の変化も起きない。この方法もテレビの犯人がよく使う手だ。

大丈夫だ。誰もいない。

少年は音もなく玉ヒバを跳び越え、ついで滑るようにして反対側の歩道まで小走りに進み、例のポプラの下まで行くと、もう一度周囲を見まわしてから慣れた身のこなしで手近な枝に跳びつき、枝をつかむと同時に体全体を深々と繁った葉のなかへ隠してしまう。彼は満足する。自分の跳躍力やら、身の軽さやら、大胆さやら、ほどよい刺戟やら、すべてに満足する。

木の叉に腰をおろしてひと息つくと、はじめて汗がふき出してくる。これまでとはちがう晩だ、と少年は思う。今夜はいつもとはだいぶ様子がちがっている。ひどく忙しい晩ではないか。

　ほどなく少年の体はまたしても熱病にやられた病人みたいにこまかく震えはじめる。ふたたび恐怖が頭をもたげてくる。彼は自分のしていることに気がつく。打ちひしがれたように、観念したように、彼はぐったりとなって、緑と雨と汗の匂いにひたって震えつづける。そして、周囲のありとあらゆるかすかな物音にいちいち怯《おじ》ける。風が吹いてきて葉の表面にたまった雨水が路面に落下するたびに、彼は電流を通したカエルの脚みたいに背筋をビクッと動かす。

　坂道をのぼってきた警官たちはどうしたのだろうか。公園に散開して端から端まで隈《くま》なく懐中電灯の光を浴びせているところなのだろうか。だが、彼らとてよもやポプラの樹の上に隠れているとは夢にも思うまい。よしんば気づく者があって、下から照らしたとしても、十中八九見つけられはしないだろう。こんなところで、こんな時間に、ぼくは一体何をしているんだろう。こんな変なことをしているのはこの世できっとぼくだけだ。ぼくと、ぼくが苦労して集めた雑誌のなかに登場するごく少数の頭の狂った男たちだけだろう。誰でもときどきは暇つぶしに考えるかもしれないが、実際にやってみようと夜こっそりと家を抜け出すのはぼく一人にちがいない。

　きっとぼくの頭はどうかしちまっているんだ。あんな雑誌ばかり読んでいるから、狂ってしまったんだ。ぼくはもう普通の人間じゃない。

そのとき、坂道へ通じている道路の端の少年が隠れているポプラの樹からほど遠からぬところに、人声が生じる。

来た。

少年は体をこわばらせ、太い枝にぴったりとしがみつく。次に、右手をそろそろと伸ばして、視界をさまたげている一本一本の枝を静かに押しのける。それは間違いなく坂道をのぼってきた一団である。口々に荒っぽい声で叫んでいるのは、互いに仲間と連絡をとるためなのか。なぜ彼らは最も怪しい場所である公園を捜そうとしないのか。ほかの一団を捜しているのか。

犬が吠えている！

うっかりしていた。彼らには犬も手伝っているのか。鼻のいい犬にぼくが隠れている場所を捜させようというのだ。もうおしまいだ。今度こそおしまいだ。犬が相手ではどこへ隠れても無駄だ。助かる見込みはないでもないが、可能性は薄い。夕方のようにはげしい雨が降ってくれたらどんな臭いも洗い流されてしまうだろうが、そんな奇跡は起きそうにもない。

足音は近づいてくる。犬が唸っている。少年は震える。

◇

少年は震えてみる。興奮を更に強めるために、彼は追いつめられた犯人の役を演じつづける。彼には本当は何もかもわかっているのだ。坂道をのぼってやってきた連中が実は警官なんかでないことを。また、唸っていた犬が警察犬ではなくて、ただの野良犬だってことを。最初は確かに勘違いしたが、ポプラの上から見たら一眼でわかったのだ。

制服を着ていても、彼らは池の向う側にある大学の寮生たちだ。彼らはほとんど毎日遊んでいる。昼間は公園で空手の練習をし、夜は遅くまで酒を呑んで大騒ぎをしている。彼らも頭のどこかが狂っているにちがいない。夜更けに酔っぱらって歩きまわり、動くものを見つけるとたちまち襲いかかってとめてしまうんだから。ぼくみたいに樹によじのぼって女を待っていたりしないけれど、彼らはたいした理由もなしに動くものをとめてしまうんだ。さっき唸っていた野良犬にしても、たぶん誰かの一撃で息の根をとめられただろう。犬や猫ばかりか、去年の夏には彼らの仲間が本物の人間を動かなくしてしまった。

真夏だというのに黒い制服を脱ごうとしない若者たちの群を、少年は押しのけた枝の隙間から見守っている。彼らは獰猛《どうもう》な声を張りあげて、順番に並木を一本ずつ蹴りあげたり、野球のバットを振りまわしたときのような音をたてて手刀をくらわす。そして、大声で笑う。

ずばぬけて背の高い学生が、金属的な声をあたりに響かせたかと思うと、次の瞬間には少年が隠れている樹をめがけて、連続二発の蹴りを浴びせる。まず右足が、ついで眼にもとまらぬ速さで左足がくりだされ、二度の震動に驚いた少年は思わず叫びそうになる。

学生たちはわめきちらしている。彼らはおよそこんな意味のことを叫んでいる。今夜こそ腕を試すに申し分のない相手と出会いたいものだ。一度でいいから本職の拳闘家と手合せしたいものだ。どんなに修錬を積んでも、一人や二人殺してみないことにははじまらないのだから。

黒い制服の一団が、ときおり遊離した鋭い奇声を発しながら、しめやかに降る霧雨をぬって広場の方角へ進んで行く。おそらく彼らは盛り場をのし歩いて、酒を呑んだり、狂暴な眼つきで人々を、主におかしな服装の若い男たちを睨みすえたりするだろう。ほかならぬ今夜のうちに、運よく彼らは手刀の威力を試すに充分な相手と出くわすにちがいない。死ぬ寸前までたたきのめせる相手を見つけるだろう。

幸運にも今夜少年は異性との接触に成功した。間違いなく女が、正真正銘の女が彼の腰を蹴りあげ、それからとんでもない声を張りあげて一目散に逃げて行ったのだ。しかし、彼女の姿はもはやどこにもない。闇の向うにかき消えている。おそらく彼女は交番へなど駆けこみはしなかっただろう、と少年は思う。あのひとはただびっくりしただけなのだ。路上にうずくまっているぼくを見て、強盗か変な真似をする男とでも思ったのだろう。ぼくはそんな奴らとはちがうんだ。ぼくはごく普通の人間なんだ。頭のどこも狂ってなんかいやしない。

眼の前の枝を押しのけて時計台を見る。いつもの晩より一時間半も遅い。昨夜の今頃は、とっくに家へ帰って頭の芯が痛くなるまであれこれと女の想像をし、疲れて眠っていた。だが今夜の彼は、さっきの一件でひどく興奮している。家へ帰る気持はまったくない。

少年はまたもや自分に誓う。あと一度試すまでは何があっても帰らない。あの言いようもない匂いを嗅ぐまでは絶対に帰らない。きっともう一人誰かが来るだろう。

だが、今度は誰も来ない。学生たちが通り過ぎたあと、その道を利用する者は現われない。自動車も猫さえも通らない。玉ヒバの向うの公園のなかでは依然大勢の男女の熱い気配が満ちているが、それは気配だけでどんなに凝視しても眼には何も映らない。ヘリコプターが三機大急ぎで街の上空を横切って行く。音らしい音はそれきり。あとはふたたび小さくて雑多なとるに足らない夜の物音。

無数の葉に囲まれてポプラの樹の叉に腰をおろしている少年は、突然おとなびた苦悩の表情をつくる。眉間に深い縦皺をよせ、眼は途方もなく遠い星を見つめるように細め、唇はほとんど完全にへの字の形に結ぶ。だがその表情は、何ら意味をなさないただの暇つぶしの顔であって、長つづきはしない。彼は女の腰ほどの太さがあるポプラの幹を思いきり強く抱きしめて、下腹と幹の隙間に性器をはさみつけてみる。

少年は思い出す。宿題が全部で三つあったことを思い出す。二つだとばかり思っていたのに。あと一つ英語の書き取りの宿題が残っていた。ノート五ページ分以上書き取って行かなければならない。どう急いでもたっぷり一時間はかかる作業だ。どうすればいいだろう。

少年は迷う。これまでぼくは一度だって宿題を忘れたためしがないのだ。ぼくは誰の言葉も忘れたりしない。誰の言葉にも逆らったりはしない。

彼はどんな種類のどんな些細な規則も破らない。夜出歩いてはいけない、おとなの読む雑誌を集めてはいけない、そう直接忠告されれば彼はやめるだろう。だが、彼はまだこれまで誰からもそんなことを言われてはいないのだ。

英語の宿題は朝早く起きてやればいい。少年はそう決めると、またポプラの幹を抱きしめる。さっきの女の匂いを思い出すたびに気が遠くなりかけ、今や癖になってしまったあの不思議な電流が体内を駆けめぐる。しかし、尖った靴で腰を蹴られたときに比べれば、その強さはほとんど問題にならない。彼は期待する。今夜のうちにせめてもう一度さっきと同じような機会が訪れないものかと思う。もしあと一度同じ機会が与えられたなら、宿題をやらないで学校へ行ってもいい。

静かに葉を押しのけて、少年は通りの左右を見るが、人影はなく、靴音も聞えない。酔っぱらった女とぶつかった場所はと見ると、ほかの場所と同様濡れて鈍く光っているばかりで、なんの変哲もない。いや、そうではない。四角い箱のような物が落ちている。黒々とまるでコールタールみたいに光っているのは、ハンドバッグだ。あれはたぶんさっきの女が持っていた品だ。

少年は樹から飛びおりて、車道を横切って行く。

ところが、少年よりひと足先にそのハンドバッグを拾いあげた者がいる。彼が身をかがめて腕を伸ばそうとしたとき、素早く何者かの腕が伸びてきてつかみとってしまう。仰天した彼はとっさに一メートルも後ろへ飛びのくが、あとは体がこわばって身動きできなくなる。彼は夢を見るような眼ざしで相手を見つめる。

女だ。それはまたしても女だ。

一人の女が、いかがわしい笑みを浮かべて、別に臆することもなく少年の前に立ちはだかっている。少年は今にも腰の力が抜けてしゃがみこんでしまいそうになっているが、それでもとっくりと相手の顔を眺める。さっきの女ではない。顔はともかく、服装がまるでちがう。さっき悲鳴をあげて逃げて行った女は、ワンピースだったが、今度の女は純白の薄地のパンタロンである。彼女は相変らずとらえどころのない笑みを浮かべている。

少年はどうしていいのかわからない。どう弁解していいものか見当もつかない。彼は懸命に頭を働かせるが、そうすればするほど考えがまとまらなくなり、ただ不動の姿勢でその場に釘づけになっているよりほかにない。せめて脚だけでもいうことをきいてくれたら、まさかの場合には逃げられるのだが。

女は相変らず奇怪なほほ笑みをつづけながら、濃い化粧をした顔を少年の方へ真っすぐに向け、今拾ったばかりのハンドバッグと自分のハンドバッグをいっしょくたに左腕にさげている。彼女は真っ赤な唇を動かして話しかけてくるが、極度に緊張した少年の耳にはまったく聞えない。相手が一歩近づくたびに、彼は顔をこまかく左右に震わせているばかりだ。どうやら相手がハンドバッグについて責めているのではないとわかりかけてくると、彼は面前の異性にどぎまぎしながらもいくらか落着きをとり戻す。すると、少しずつではあるが、女の喋《しゃべ》っている声が聞えるようになる。

女ではない。女の声ではない。

少年は今夜二度目の驚愕を覚え、眼をむいてあらためて相手を見つめる。相対しているのはまぎれもなく女だが、彼女の唇からもれてくるのは低い男の声である。匂いは間違いなく女なのに。騒ぎすぎて声を嗄《か》らしてしまった女なのだろうか。さもなければ、女の扮装をした男だ。

どっちにしても、と少年は考える。ともかくこのひとはぼくをどうにかしてくれそうなタイプだ。眠る前に毎晩想像したのはこんなひとだ。玉ヒバの向うへ連れて行ってくれるのはこのひと以外にいない。

だが少年の脚は勝手に動いて彼女に背を向け、数歩そろそろと後退してから突っ走るかまえをとる。そして次第に逃げ出したい気持が強まり、遂に彼はあとずさりをはじめる。

そのとき女は言う。男の声で言う。逃げなくてもいいのよ。このハンドバッグはあたしのものじゃないんだから。誰にも言いつけたりしないから大丈夫。いいからこっちへ来なさい。いらっしゃい。

少年の足はふたたび釘づけになる。彼はその場にとどまる。逃げることはないのだ。とうとうチャンスがきたというのに、何も逃げ出すことはないのだ。このひとは一体ぼくをどうしようという気だろう。

「逃げなくたっていいのよ」と女は言う。「心配しなくてもいいのよ、おにいさん」

少年は身震いする。それから自分がなぜためらっているのかわかる。あの声がいけないんだ、と彼は気づく。また、《おにいさん》なんて呼ばれるとは思ってもみなかったことだ。

女はまた同じ言葉を吐く。少年に向って手招きする。彼女が手招きするたびに、彼の体は一歩また一歩と引き寄せられて行く。いぶかしく思う余裕もなく、彼はどんどん彼女の方へ歩いて行く。

場合によっては分け前をやってもいい、というような意味のことを女は言い、拾ったハンドバッグを少年の眼の前に突き出して口を開ける。口金が音をたてたとき、広場へつづいている坂道の下の方から、覚えのある声が聞えてくる。

黒い制服を着た一団が寮へ帰ろうとしているところだ。彼らは行くときよりも大きな声を張りあげて、まるで黒豹でも群れているみたいに荒々しく、まだ遠く離れているにもかかわらず、早くも少年は鳥肌を立てる。

「ここじゃまずいわ」と女は言うと、いきなり少年の腕をつかんで玉ヒバを越えようとする。何という力だ。踏ん張った程度ではとても逆らいきれない力だ。やはり彼女は男だ、と玉ヒバをまたぎながら少年は思う。

一瞬にして視界は闇となり、足首の高さまで生えたクローバーが靴やズボンの裾を濡らす。あわてふためいた少年はがむしゃらに身をよじるが、まったく効き目がない。すると女は彼をはがいじめにして、右掌で彼の口を封じる。そして耳元に顔を寄せて、熱い息吹を吐きながら、小声でそっと幾度も幾度もささやく。静かにしてなくては見つかってしまうではないか。半分もらいたいのならおとなしくしていなくては。

尚ももがきつづける少年の唇に、何かひどく熱い、まるで沸騰した湯のように熱いものが押しつけられ、叫ぼうとしても声がこもって外にもれない。その熱さにはすぐに慣れて、それが掌の一部だろうと思っていると、歯に石よりも硬いものが触れ、ついで口のなかいっぱいにもっと熱いものが押しこまれ、肺のなかの空気が残らず吸い出されそうになる。一体何が自分の身に起きているかわかったとき、少年は上体をのけぞらせて相手の腕から逃げようとするが、あべこべに濃い化粧をした顔は強く吸いついてくるばかりだ。なにがなんでも密着させていようという気なのだ。

もはやそれ以上弓なりの姿勢に耐えきれなくなったとき、少年の体は一気に傾いて後ろの草地へ深々と倒れこみ、その上に相手の体が覆いかぶさってくる。彼はもう逆らったりしない。されるがまま、はげしく高まった興奮のなかに溺れてゆく。体のあちこちに恍惚《こうこつ》の震えがはじまり、嫌悪は次第に消え、そして彼は遂に性の光輝に包まれる。

少年は口のなかの熱いものを音をたてて吸いつづける。彼の願いは今かなえられている。どこの誰とも知れないが、彼は今異性の匂いに満ちた相手にどうかされかけているのだ。

相手は突然顔を離し、追いすがろうとする少年の唇を右掌で押え、男の声で静かにしているようにと重ねて忠告し、闇を透かして通りの方を睨む。通りでは例の黒い制服の一団が、脅迫じみた騒ぎを繰り返している。おそらく彼らは盛り場をさんざんうろついてはみたものの、腕試しをできなかったにちがいない。浴びるほど酒を呑んだだけで帰ってきたのだ。彼らは怒り狂っている。彼らは暴れたがっている。彼らは誰かの首の骨を一撃のもとにたたき折りたくてうずうずしている。仕方なく彼らは街灯やポプラを人間の代用にして、満身の力をこめて手足を振りおろしている。手刀が空を切る音、傍で聞く者をちぢみあがらせずにはおかない鋭い声、悪態、地響き、そうした一連の物音が少しずつ近づいてくる。

少年は恐怖を覚える。眼の前の相手にしがみついていなければ、叫び出してしまいそうだ。彼は異性と思われる相手の首に両腕を巻きつけて、胸をすり寄せる。相手もいくらか震えているが、呼吸はほとんど正常で規則正しい。

狂乱の物音はもうすぐそこだ。

全体重をかけた蹴りをまともに受けたポプラは梢の葉まで震わせ、鉄パイプ製の街灯はまるで弦楽器のようなか細い悲鳴をあげる。胸がむかつく安酒の臭いがあたり一面に漂う。彼らが一様に口にしている言葉は、〈殺してやる〉と〈殺したい〉の二種類のみだ。今の彼らは誰彼の区別なく、たとえ女だろうと老人だろうと十五歳の少年だろうと、本当に殺してしまうにちがいない。

彼らの荒々しい酔態は、公園内のいたるところにちらばっている白い脚の動きをとめてしまっている。樹の下で低く唸るような声をあげていた若い男女たちは、彫像みたいに微動だにしないで、恐怖が去るのを待つ。少年はいつしか自分のズボンが膝のところまでさがっているのを知るが、今は指一本動かせない状態のために、どうすることもできない。

やがて通りで暴れている連中の間で口論が生じ、二つ三つの罵倒があったかと思うと、たちまちあたりにはげしい物音が反響する。それは主に肉と肉、骨と骨、肉と骨がものすごい勢いで衝突するときの音で、濡れたアスファルトの路面を蹴って宙に舞いあがる間抜けた音と相まって、深夜の重い雰囲気をいとも簡単にかき乱す。

どうやら仲裁する者はいないらしい。とめるどころか、むしろ彼らは二派に分れて必死に闘いはじめる始末だ。すでに一人か二人の怪我人は出ただろう。あるいは、死人まで出たかもしれない。

さっきまで吸っていた赤い唇が自分の唇から数センチ足らずのところにあるのを見ても、少年はじっとしている。相手の右掌が自分の太股の付け根にあてがわれているのを見ても、何も感じない。彼女は二本の指だけを動かしつづけて、ほかの部分はすべて硬直させている。

通りの闘いはいつ果てるともなく、はじまったばかりのときのはげしい勢いでまだ繰り返されている。しかし、飛び交う声の数は心なしかだいぶ減ってきており、か細い。そして、はじまったときと同様二言三言の罵声があってすべての物音は突然やみ、あたりはしんと静まり返る。

完全な沈黙の訪れだが、おそらく公園内の草むらで抱き合っている男女は一人残らずまだ震えているだろう。長びいた緊張に困憊《こんぱい》しながらも、誰もが決して気を許そうとしない。何はともあれ闘いは終ったのだが、皆はまだその事実を受理しようとしない。

少年の耳に聞えているのは、遠くの草むらで鳴く虫の声と、自分の性器がもてあそばれるほとんど音とはいえないほどのかすかな摩擦音である。

ほどなく制服の一団は池のほとりにある学生寮へひきあげて行く気持になったらしい。酔いはすっかり醒《さ》め、鍛えあげたさしもの肉体にもどっと疲労が出て、半ば満足し半ば不満のまま、今夜のところはまず帰るつもりなのだ。ちらばった履き物を拾い集めているらしい音が聞え、ついで不揃いで元気のない足音が坂道の下へと消えて行く。

もう心配はない。もう怯《おび》えることはない。もう体をこわばらせている必要はない。付近の虫たちが遠くの虫たちと同じように、ふたたび鳴きはじめる。娘たちもまたすすり泣きをはじめて、白い脚をクローバーの上に突き出す。少年の体にもみだらな興奮が甦り、あの電流がまた主に脚を中心として駆け巡り、彼は執拗に熱い舌を、柔らかい指を求める。だが彼はいまだに乳房にも触れていないし、何度夢に見たかもしれないあれにも触れていない。

女の指に力がこめられ、男の声がさかんに感想を求め、少年の体は人形のように操られる。

少年の相手はささやく。自分のことを女だと言ってくれ、と。男なんかではないと口に出して言ってくれ、と。綺麗な顔だと……。少年は黙っている。言いたくても声が出ないのだ。

相手は急に指の動きをとめて、こうささやく。もっとつづけてもらいたいと思うなら、言ってくれ、と。言ってくれたら、さっき拾ったハンドバッグの中味をそっくりくれてやってもいい、と、自分が欲しいのはハンドバッグだけで、中味はどうでもいいのだ、と。

「さあ、言ってちょうだい！」

少年は言う。

「もっと大きな声で！」

少年は言う。

「聞えないわ！」

少年は言う。

「もっと！」

少年は言う。

「いいって言うまで！」

少年は言う。

するとと相手は少年をいきなり抱きあげて、とても女とは思えない力で、枕でも裏返しするようにいとも簡単に彼の体をうつ伏せにする。それからしばらくして、少年は彼女がはっきり男だということを思い知らされる。だが少年は抵抗しない。それは最初から承知していたのだから。

◇

少年を置き去りにして、女装した男は玉ヒバの向うへ行ってしまう。男は望むものをすべて奪うと、他人が落したハンドバッグとその中味を大切そうに抱えて公園の外へ出る。女の靴をはいた男の足音は車道を横切って反対側の歩道へ出、盛り場の方へ吸いこまれて行く。

少年はといえば、うつ伏せの姿勢のままズボンをあげようともしないで、朦朧とした意識を正常に戻すための努力をしている。だが当分は立ち直れそうもなく、驚きや痛みや興奮の余韻に引きずりまわされているしかない。彼にはまだ自分がどんなことをされたのかよく理解できない。実はわかっているのだが、本当にそんな真似をされたかどうか信じられないのだ。あと少し経ったら、十分か二十分したら、強い後悔がはじまるような予感がする。

早く家に帰って布団にもぐりこみ、すっかり冷えてしまった体を暖めたい、と彼は思う。その前に、そっと浴室へ行って全身を隅々まで洗わなければならない。石鹼の泡に埋まってシャワーを浴び、また泡にまみれてシャワーを浴び、またまた泡を塗ってシャワーを浴びなければならない。それから、登校する前に、集めた雑誌を全部河原へ持って行って火をつけよう。一冊残らず、跡かたもなくなるまで燃やしてしまおう。

ぼくはどうかしていたんだ。今までぼくの頭はどうかしていたんだ。だけど、どんなにシャワーを浴びたって、雑誌なんか焼いてみたって、もう遅い。もうとり返しがつかない。手遅れだ。

少年は泣く。さっきまであげていた小さな叫びと同じ質の声ですすり泣く。どうかしている頭を幾度も地面にたたきつけて、泣きつづける。だが、クローバーと湿った土のためにさほど痛みはしない。

泣けるだけ泣いてしまうと、少年は静かにゆっくりと、全身ギプスをつけている怪我人みたいな動作で起きあがる。女装の男が残していった鋭い感覚が性器の後ろにある。彼はズボンをあげる。木立につかまって玉ヒバの方へのろのろと歩いて行く。玉ヒバをまたぐ力さえもなく、踏みつけて歩道へ出る。

通りには人っこひとり見あたらない。雨は相変らず霧状のほとんど眼には見えない粒子となって空中に漂っている。雨が降っているとわかるのは街灯の周囲だけだ。

不規則な足どりで前進しながら、少年は顔面を夜の空に向けて眼ざしを暗黒の底へ投げかける。地上にあるどんな物体も今は見たくない。そして彼は、背中に翼が、体を舞いあがらせるに充分な力を備えた純白の翼があったら、と本気で思う。彼はひどくへこたれてしまっている。

天空に向けた少年の眼には、星座の輝きはまったく映っていない。真東の空を見ても昧《まい》爽《そう》の予告すら感じられない。場合によっては、永劫《えいごう》に夜明けの到来はないかもしれない。黒い制服を着た若者たちの同士討ちの跡があちこちに見受けられる。車道の路面にはおびただしい血糊が附着している。だが彼はそんなものには眼もくれず、酔っぱらいのような歩調で横切って行く。

それから少年は、のぼり慣れたポプラの傍まで来ると、危うく倒れそうになりとっさに幹につかまる。同時に、今まで空を仰いでいた顔が、今度は首の骨でも折れたみたいに地面へ向き、すると彼は突然胸のむかつきを覚えて、胃袋の中味を吐き出そうとする。だが、吐くものは何もない。ほんの少し胃液が出たにすぎない。それでも尚彼は、遠くまで聞えそうな大げさな声をふり絞って、吐く。その足元にずぶ濡れになった三毛猫がすり寄ってきて、さかんにズボンの裾を舐める。

夜は真夜中。街は雨。ポプラの木蔭で濡れているのは彼と猫。ほかには誰もいない。

稲妻の鳥

☆

たちまち三日三晩が過ぎた。

その間先生はほとんど眠らなかったようだ。ぼくは先生のことがとても気がかりだった。そこでぼくは、畑仕事の合間をみては山荘へ行き、深々と茂った草のなかに身をひそめて、そっと先生を見張っていたのだ。

先生は公園のベンチみたいな固い長椅子に寝そべって、四六時中外の気配に神経を尖らしていた。飲まず食わずというほどではなかったにしても、それに近い状態で、三日のあいだに口にしたものといえば、コップに注いだ何杯かのウイスキーだけに違いなかった。酒が辛うじて先生の命を保っていたのだ。

もはや先生は老人だった。そう呼ばれてもおかしくないほど老《ふ》けこんでしまった。どんなに派手な柄のシャツを着てみても、ブルー・ジーンをはいてみても。

先生はいま、衰弱し切っていた。長椅子に横たわったその姿は、まるでひからびたボロ雑巾だった。しかしそれでも、のべつ窓の方に注がれている眼だけは異様な光を放っていて、見慣れているはずのこのぼくでさえときどき身震いがするくらいだった。

先生の前にある窓からは、麓の村全体と、はるか遠くの町まで曲りくねって延びている埃っぽい道とが、一眸のもとに見えるはずだった。おまけに先生の眼のよさは人間ばなれしていた。よく晴れた朝などには、分教場の庭で遊んでいる子どもたちの人数を男女別に数えることができたのだから。

けれどもこの三日間で晴れた日は一度もなかった。雨にこそならなかったが、一日中厚い雲のかたまりが陽光を遮っていて、夜ともなると星の代りに稲妻が光り、大気はいつも重々しく先生の家を圧していた。

もう九月だった。夏はしぼみかけており、いたるところに秋がちらばっていて、すべての植物に急激な変化を与えようとしていた。先生の家の庭を埋めた雑草は成長をやめて、次第に水気を失いつつあり、木々の葉は風に吹き飛ばされて行くときの準備をしていた。

先生はそうやってずっと待ちつづけていたのだった。でも、奥さんは戻ってこなかった。それはまったく突然の出来事だった。

ぼくがひと夏を費して描いた大きな絵を先生に見てもらっているとき、奥さんがアトリエに入ってきたかと思うと、彼女はいきなり大きな声で笑ったのだ。最初のうちはぼくの絵を見て噴き出したのかと思ったが、すぐにそうでないことがわかった。

それから奥さんは急に真面目くさった顔つきをしたかと思うと、今度は山荘の外へ走り出て、自動車にとび乗った。

もしも奥さんがもっと落着いて車を操作していたら、おそらく先生はおいてきぼりをくっただろう。間一髪のところで先生が助手席にとびこまなかったら、おそらく奥さんはその車ごと消えてしまっただろう。

ぼくはオートバイに乗ってふたりのあとを追いかけた。夫婦のもめごとに首を突っこむつもりはまったくなかったのだが、黙っているわけにもゆかないような気がした。いつもの喧嘩とはだいぶ様子が違っていたのだ。

狭いうえに急なカーブの多い山道を下って行きながら、ふたりはわめきちらした。先生は一体何を叫んでいるのかさっぱりわからなかったけれど、奥さんの言葉は正確に聞きとれた。

もうたくさんよ！

もうたくさんだってば！

奥さんはまた、こんなことを言ったみたいだ。自分の体に指一本でも触れたら、このまま車の外へ飛び出してやるとかなんとか。

中古車としての価値もなくなったその黄色い乗用車が村を通過して行くとき、奇妙な騒ぎに逸速《いちはや》く気づいた村人たちが一斉に表へとび出してきた。そして、県道の端から端までをいっぱいに使ってよろめきながら突っ走る車と、すごい剣幕で罵《のの》り合うふたりと、そのあとにオートバイに乗ってつづくぼくとを、交互に見比べるのだった。

村人たちはたぶん、まるで打ち上げ花火でも見物するような眼つきで僕たちを見ていたのだろう。ぼくはとても恥ずかしかった。同時に腹も立った。あざ笑っているかれらの声が聞えてくるようだった。そこでぼくは鼓膜が破れるほど大きな音でエンジンをふかし、先生たちを乗せた車のすぐあとにぴったりとついて走った。

やがて罵詈雑言のやりとりはおさまった。

奥さんはひたすら運転に専念し、先生はといえば泣いていた。そうだ、先生は本当に泣いていたのだ。先生にはもはや涙を流してみせるしか奥さんをひきとめるすべがなかったのだ。その間にも黄色い車は時速九十キロものスピードで訣別へと向って突っ走り、ときたますれちがうダンプカーの運転手たちもその勢いのものすごさに肝をつぶして怒鳴るのを忘れるほどだった。

駅の待合室にいた数人が、無関心を装いながらも、とり乱している先生たちの様子を熱心に見守っていた。とりわけ、赤いチョッキを着て、おまけに片方の足にしかサンダルをはいていない先生を見る眼ときたら、いまにも顔の外へとび出してしまいそうだった。

オートバイにまたがったまま、ぼくはポストの蔭からふたりを見ていた。ぼくにしたってどんな眼つきをしていたかわかったものではなかった。見物人がいくらか増えた。駅の前で青いリンゴを売っていた聾の老婆までが、商売を放っぽりだして、あたふたと待合室へ入って行った。

奥さんよりも先生のほうがはるかに分が悪いのは、誰の眼にも明らかだった。なにしろ、奥さんは買ったばかりの切符を指の先でもてあそびながら、天井を見あげたまま黙りこくっていて、先生は泣きじゃくりながら懇願するばかりだったのだから。

先生にとって更に不幸なのは、ものの十分と経たないうちに列車がやってきたことだった。

駅員の制止がなかったならば、きっと先生もその列車に乗っただろう。先生には切符を買うだけのお金がなかったのだ。

若い駅員が先生を押しとどめているあいだに、奥さんは消えてしまった。列車が彼女を素早く連れ去ってしまった。

あとに残ったのは、立ち去る駅員の靴音と、見物人の満足そうな眼ざしと、雨の匂いが混じった微風ばかりだった。先生の好みに合った、つまり山での単調な生活に堪えることができて――実際にはできなかったのだが――、二十も年下の女は、都会へと帰って行った。ここ何年間というものふたりは片時も離れたことがなかったというのに。

もちろん先生はそのままおとなしく山荘へ戻ったりしなかった。ふたたびオンボロ自動車にとび乗ると、列車のあとを追いかけはじめた。線路に沿ってつづく、両側を田んぼにはさまれた細い道をがむしゃらに突っ走り、相変らず泣きじゃくったり、突然叫んでみたりしながら、奥さんのあとを追った。ぼくのオートバイはひっきりなしに小石をはねとばし、ハンドルがふらつき、幾度も転倒しそうになった。

そんなはずはない、とでも先生は考えていたのだろうか。これは夢に決まっている、とでも。

古い車体もエンジンもほとんど限界まで働き、そして最後に道を横切ろうとしていた大きな猫にとどめを刺された。先生は急ブレーキをかけたのだが間に合わなかった。前輪と後輪に相ついで衝撃が加わり、同時にひどく柔らかいものを踏みつけたときのいやな感じが、関係のないぼくのところまで伝わってきた。いや、関係なくはなかった。次の瞬間ぼくの体は宙を舞い、オートバイは勝手に走って桜の木にぶつかりめちゃめちゃになったのだ。

静かだった。とても静かだった。さいわいぼくは擦《かす》り傷ひとつ負わなかった。しばらくのあいだぼくは潰れたオートバイの前で震えていた。修理に出すよりも新しく別のを買ったほうが安くつきそうだった。それからぼくは先生を見た。

よろよろと車の外へ出てきた先生は、まずぼくと同様自分の体のすみずみを調べ、それから長いこと線路の遠くを眺めていた。列車は見えなかった。やがて先生は思い出したみたいに車体の下を覗《のぞ》きこみ、たちまちその眼を閉じた。

長い時間が過ぎた。ぼくも先生もただじっとしていたのだ。それからぼくは気をとりなおして、とにかくオートバイやら自動車やらを片づけることを考えた。オートバイを道端に横たえ、ついで自動車の方へ近寄って行くと、先生は手伝ってやろうとするぼくをおそろしい力で突きとばした。

先生は車体の底に貼りついた赤いものや細長いものを素手でつかんでとりのぞき、最後に片眼を開けたまま息絶えている猫の頭を、近くを流れている小川へ蹴落した。

☆

三日三晩、先生は眠らなかった。固い長椅子に寝そべって、出て行った奥さんのことばかり考えていたのだろう。いまにも彼女が坂道を登ってくるのではないかと、そればかり考えつづけて、一秒間一秒間を緊張して過していたのだろう。ときどき眼を閉じるのは眠いからではなく、そうしているあいだに彼女が庭に立っているとでも考えたからではないだろうか。

しかし、先生はいつまでも独りだった。先生のまわりにはぼくしかいなかった。どの部屋にも、山荘の外にも、それこそいたるところに奥さんの品物が散らばっていたというのに。

ぼくは心配でならなかった。せめて食事くらい作ってやりたかったのに、先生はぼくが家に近づくととても怒るのだった。奥さんがいなくなるまで先生はぼくを怒ったことなど一度もなかった。

ぼくを見ると先生はこう怒鳴った。うせろ！　若いやつは信用できん！

何て言われようと、ぼくまでが先生を見棄てるわけにはゆかなかった。オートバイがないので歩いて山荘まで行き、アトリエが見える草むらに身をひそめ、先生を見張っていた。

先生はいま眠っていた。死んでいるのではないかと疑ったぼくは、心臓が苦しくなるのを感じながら庭を横切り、窓に顔を押しあてて見た。先生はぐっすりと眠っていた。そんなに間近で先生の顔を見るのは久しぶりだった。

いくらか安心したぼくは家へ帰って畑仕事に精を出した。夕方ひと風呂浴びて汗を流し、それから縁側に腰をおろして描きかけの絵を眺めた。上手でも下手でもないありふれた絵だった。

夕食のとき、両親とふたりの兄たちが先生のことでぼくをからかった。しかし、ぼくは相手にしないで、さっさと食べ終えると自分の部屋へひきあげて眠ってしまった。

翌朝早く、母につくってもらった握り飯を持って、ぼくは山道を登って行った。途中、下ってくる村の女たちと出会ったが、ぼくの顔をまともに見ることができる者はひとりもいなかった。彼女たちはどうせまた奥さんに逃げられた先生の様子を見に行ってきたのだ。茶飲み話にするつもりで。

先生はまだ眠っていた。一度も眼をさまさなかったとしたら、ちょうど十時間眠ったことになる。ぼくはまるでこそ泥みたいにそっと窓を開け、先生の体が冷えないように毛布をかけてやり、まだ温かい握り飯を顔の傍《そば》に置くと、また窓を静かに閉めた。

ぼくはガラス越しにアトリエのなかをまじまじと見つめた。どこにも変化はなかった。三日前とそっくり同じ状態で、部屋はとりちらかっていた。先生が何年もかけて描いたたくさんの絵が床一面にちらばっていた。

先生は野鳥しか描こうとせず、強引に弟子入りしたぼくにもほかの絵は絶対に描かせなかった。そしてぼくも先生を真似てこれまでにたくさんの野鳥を描いた。

立派な額におさめられて壁にかかっている絵はたったの一枚きりだった。先生はその絵だけは床に投げつけたりしなかったのだ。モズも、オオルリも、ハヤブサも、コマドリもたたきつけられてしまったというのに、イヌワシだけは大切に扱われていたのだ。

ぼくはまだイヌワシを描いたことがなかった。先生にきつくとめられていたからだ。もう少し腕をあげてからでなければイヌワシを描いてはいけない、と先生は言うのだった。

そのイヌワシはいま、鋭く切り立った崖にはさまれた谷間の上昇気流を巧みに利用して、空高く舞いあがろうとしているところだった。

眠っている先生の眼球が皺だらけのまぶたの下で素早く動いていた。それは先生が生きている証拠であり、夢を見ている証拠でもあった。果して何の夢を見ていたのだろうか。自分の絵が売れた夢か、幼児しか見ないような何者かに追われている恐怖の夢か、それとも、特別の意味はない、五十八年のあいだに見てきた無数の風景の断片の夢だろうか。

そのとき先生が大きく寝返りを打って眼をさましそうになったので、ぼくは急いで窓を離れ、いつもの草むらに隠れた。先生が握り飯を食べるかどうか見届けたかった。酒ばかり飲んでいたのでは死んでしまうにちがいなかった。

先生はぼくがかけてやった毛布に気がついた。するとまるでバネ仕掛けの人形みたいにとび起き、さかんに周囲を見まわし、それから奥さんの名を呼んだ。初めのうちは小声で、やがて次第に声を大きくして、しまいには絶叫に近い声を張りあげるのだった。

ついで先生は床にちらばっていた絵を踏んでアトリエを出て行き、空っぽの寝室と、空っぽの台所を覗き、それから走って家のまわりを二周した。先生はずっと奥さんの名をよびつづけていた。

嗄《しゃが》れた先生の声は、あたりの山々に反響して複雑な山びことなり、けものが死ぬときに出すような声に変っていった。

アトリエに戻った先生はぐったりと長椅子に横たわり、まもなく握り飯の包みに気がついた。毛布をかけてくれたのが奥さんなんかでないことがようやくわかった先生は、荒々しく窓を開けた。ぼくの隠れているところがわからないので、先生はとんでもない方角に顔を向けて、こう怒鳴った。

うせろ、ガキめ！

もうちょっとでぼくは噴き出してしまうところだった。何度も怒鳴ったあと、おそらくすでにぼくが家に帰ったと考えた先生は、大急ぎで包みを解くと、握り飯に口をつけた。子どもみたいに両手に一箇ずつ持ち、ろくに嚙みもしないで、あっという間に平らげてしまった。

まずはひと安心だった。よく眠って、よく食べたからには、少しずつ元気になるはずだった。そして、半年か一年のうちには奥さんのことなどすっかり忘れて、また鳥の絵をたくさん描くようになるだろう。ぼくの絵を熱心に批評してくれるようになるだろう。

先生にはもう奥さんなど必要なかった。ぼくはあの女が嫌いだった。ぼくとそう歳がちがっていないのに、少なくとも先生よりはずっと近いのに、彼女はぼくに向って先生と同じような口のきき方をした。彼女はわがままだった。町へ出かけるたびに自分の服を何着も買ってきたり、村祭のときの花火がよく見えないといって、杉の大木を三本も切り倒せとぼくに命じたりした。

あるときなど、あの女はぼくを谷川へ案内させておいて、やにわに抱きついてきたりしたのだ。ぼくがちょっとよそ見をしていた隙にむしゃぶりついてきた。驚いたのはいつのまにか彼女が真っ裸になっていたことだった。ほんの数秒間のうちに着ていたものを全部脱いだのだろうけれど、そんなに素早い動作が果して可能だろうか。だが、訝《いぶか》っている余裕などなく、ぼくはただ必死になって彼女を突きとばそうとした。

彼女は背後の静かな流れのなかへ落ちて行き、気がついたときにはぼくは吊り橋を走っていて、およそ十メートル下の谷川では甲高い声で笑いながら彼女が泳いでいた。裸の彼女は白く、ただ白く、いまにも水に溶けてしまいそうだった。ぼくが人物を描いてみたいと思ったのは、あとにも先にもそのときだけだった。

上手に泳ぎながら彼女は、くるりと体を半回転させて仰向けになり、吊り橋にいるぼくに手を振ってみせ、それから谷中に響くような声でまた笑った。

☆

ある晩、先生はぼくを受け入れた。受け入れてくれたのかどうかははっきりしないが、ぼくを見ても怒鳴ったりしなくなった。

ぼくは何時間もかけて先生の家を掃除し、床にちらばっていた絵を元の場所に戻し、奥さんが残していった品物すべてを納屋にぶちこんだ。たったひとりの弟子がそんなことをしているあいだに、先生はコップになみなみと注いだウイスキーをちびちび呑みながら、庭の雑草のなかに、夜のなかに、秋のなかに、じっと立ちつくしていた。

静かな晩だった。

夕方まで降りつづいていた雨はやみ、風もなく、窓を透して一本一本の草、一枚一枚の木の葉の影がはっきりと見てとれた。それらの影が急に濃くなるのは、西の山のはるか彼方で光る稲妻のせいだった。

先生は稲妻を見ていた。稲妻が光ると、付近に浮かんでいる雲の色と形がわかり、真下の地形もつかめ、ときには鉄道線路さえ見えることがあった。線路、玉砂利、枕木、列車、そして奥さん……たぶん先生は線路を見ていたのだろう。ウイスキーを呑み、稲妻に期待し、空が明るくなるたびに眼を凝らし、汽笛の音を口で真似た。

本当は先生にはわかっていたのかもしれなかった。いずれあの女が出て行くことについて、また出て行ったとき自分がどれほどとり乱すかについて、先生は何でも承知していたのだ。彼女のことばかりではなく、自分の絵についても。どの程度の絵であって、せいぜい土地が売れて大金をつかんだ近在の百姓しか興味を示さないことや、すでに何十年も前に進歩がとまった絵であることも知っていたのだ。

けれども、ぼくは先生をばかにしてなどいなかった。ぼくの絵よりははるかに上手だったし、何よりも山にこもって山鳥しか描こうとしないところが好きだった。それに第一ぼくは絵かきになるつもりはなかった。

おそらくぼくの一生は泥や土のなかを這《は》いずりまわって終るだろう。しかし、ただの百姓で終りたくなかった。米を一粒でもスズメに食べられまいと石油缶と棒切れを持って一日中あぜ道を走りまわるような、土地の一センチや二センチのことでめくじらを立てるような、近所の家の不幸ばかりを願って呑んだくれるような、そんな百姓にはなりたくなかった。かれらは百姓ではなくて、どん百姓だった。

先生はまたひと口呑んで、汽笛の音を真似た。あの女が出て行ったあと、自分にどんな人生が待ちかまえているのかについても、先生は知っていたのだろう。自分がどんな種類の男になってしまうのか。そういった男はいたるところで見かけた。村にも町にも大勢いた。かれらに共通しているのは、家の近くを牛のようにのろくさとあてもなく歩きまわるか、歩けなくなった者は湿った布団に横たわってまばたきを繰り返すしかやることがない点だった。

そして先生はたぶん、絵も棄ててしまうだろう。たとえ描きたくても、指先の震えがひどくなって筆を持つことさえできなくなるだろう。

ひときわ強い稲妻が光って、窓全体が夜明け寸前の空のような色に染まったが、一秒後にはたちまち夜の色に戻った。だが、ぼくはしかとそれを見てとった。断じて錯覚などではなかった。寝不足のせいでも、昨夜兄たちと呑んだ安い酒が頭のどこかに残っていたせいでもなく、ぼくの眼ははっきりと、自分の人差指を見るくらい確実にそれを見たのだ。

間違いなく鳥の形をしていた。ちゃんとした翼を持っていたし、古い扉が風にきしむときのような羽音が聞えたかとさえ思ったほどだ。

青々と染まった空の一角に、とてつもなく大きな一羽のイヌワシが、そうだ、イヌワシが浮かんでいたのだ。ほかの鳥にそれほど立派な飛行ができるわけがなかった。しかし、イヌワシが真夜中に飛ぶなんて、ぼくはまだ誰にも聞いたことがなかった。ともあれ、ぼくの眼は正常だった。ぼくのあとに先生も気がついたのだから。

イヌワシに気がついた瞬間先生は、太股に電流を通された蛙みたいに、ピョンと跳んだ。もちろん汽笛の口真似なんかやめたし、右手にしっかりと握っていたウイスキーの壜《びん》を草の上に落してしまった。

先生は振り返ると、うわずった声でぼくに叫んだ。見たか！　いまのを見たか！

そして先生とぼくは、今度はふたり同時に確認しようと肩を並べて、次の稲妻を待った。咳きこみたくなるほどの感動が胸のうちで暴れまわっていた。

数秒後に、かなり強い、空のほぼ五分の一の面積を照らし出すような稲妻が光った。けれども、イヌワシの姿はどこにもなかった。先生の眼も発見できなかった。そのあと稲妻は次々に光ったが、やはり結果は同じで、青い空に浮かんでいるのは雲ばかりだった。

先生はまたもやピョンと跳んだ。つられてぼくも跳んだ。しかしそれはしびれをきらしたためのジャンプにすぎなかった。

先生は足元の草むらに手をつっこんでさっき落した壜を拾い、残っていたウイスキーを一気に呑み干し、その壜を玉石めがけて投げつけた。無数のガラスの破片がまだ空中を飛んでいるあいだに、先生はとても元気な声で叫んだ。ぼくも叫んで、腕をぶんぶんと振りまわした。

☆

翌日から先生はアトリエにこもって、稲妻に照らし出されたイヌワシの絵にとりかかった。もうウイスキーは呑まなかった。酒の代りにぼくが三度三度運んでくる弁当を食べ、つぶれたヤカンの水を飲んで、朝早くから夜遅くまで描きつづけた。

母はぼくにこんなことを言った。女房に逃げられるような男の世話などして一体何になる、と。あるいは、米が惜しくて言うのではないが、そういつまでも面倒はみきれない、と。あるいはまた、どうせ運ぶのなら、三つの弁当を一度に持って行けばいいではないか、と。

しかし、ぼくは黙っていた。ぼくだって先生の召使いの役ばかりしていたわけではなかった。両親や兄たちの小言を無視して、せっせと絵を描いていたのだ。それもモズやキジではなく、先生と同様イヌワシを。

頼んでもおそらく先生は許可してくれないだろうが、ぼくだってイヌワシを描きたかった。稲妻のなかをゆっくりと旋回して飛ぶ巨大な鳥を描きたくてたまらなかった。

たしかにイヌワシはこれまで先生ひとりのものだったろう。けれども、いまではぼくにも権利はあった。発見したのは先生よりぼくのほうが早かったのだから。

あのイヌワシが先生とぼくのどちらのものになるかはっきりするのは、まだ先のことだった。完成した二枚の絵を比べたときにそれが決定するはずだった。

いまやますます貴重になった時間を承知のうえで、わざわざ日に三度も山へ出かけたのには理由があった。弁当をテーブルの上に置くとき、ぼくは先生の絵を盗み見ていたのだ。あの鳥を先生はどう描くつもりなのか。また、どこまで進行しているのか。

先生のはいい絵になりそうだった。まだ下絵の段階だったが、これまでに見せてもらったどの絵よりも素晴しい出来になりそうなことはぼくにもわかった。

それから二日ほど経って、先生はとうとう青色を使いはじめた。ぼくはその《青》をひと目見たとき思わず叫んだ。眼が吸いこまれそうなほど鮮やかで、まぎれもなくあの晩の空の色だった。

更に三日経つと、イヌワシは先生のものになってしまいそうな形勢となり、ぼくは相変らず空の色で苦労していた。しかし、どんなに苦労してもだめなものはだめだった。あとはもう先生の力を借りるより方法はなかった。無断でイヌワシを描いていることを白状して謝り、ついで例の《青》を教えてもらうつもりだった。

ぼくは懐中電灯を持って山道を登って行った。案の定先生は眠っていなかった。アトリエには灯りが点《つ》いていた。

庭は秋の虫でいっぱいだった。虫の声のほかにも、歌声が聞えた。先生のその陽気な声を聞いたとき、ぼくの敗北がはっきりした。あのイヌワシはとうとう先生のものになってしまったのだ。

庭からアトリエは丸見えだった。固い長椅子に深々と腰をおろした先生は、ウイスキーをラッパ呑みしながら、調子っぱずれの声を張りあげて、絵を眺めていた。残念なことに、ぼくの立っている位置からはその絵はまったく見えなかった。そして、長椅子の背が邪魔になって先生の顔も見えなかった。しかし見えなくても、ぼくには先生の喜びが、しまいには腹が立ってくるほどよくわかるのだった。

先生は唱いつづけた。ぼくは迷った。アトリエに入って行って、先生といっしょに歌を唱うべきか、それとも家へ帰ってぼく自身の喜びをつかむために努力すべきなのか、大いに迷った。下手は下手なりに精一杯イヌワシを描いて……ぼくはアトリエに入らず、夜道をひき返した。みじめったらしさと不思議な安堵感とをこもごも味わいながら、山道を下って行った。懐中電灯の光をめがけて昆虫たちが殺到し、ぼくの体はたくさんの動く小さな影で埋まった。

家に着くとぼくはすぐに自分の絵に向った。それはひと目見るだけでうんざりするような代物だったが、ぼくは諦めなかった。その夜ぼくは一睡もしないでイヌワシを描こうとした。朝になったのも気がつかないくらいだった。

両親も兄たちも畑へ出かけていて、ぼくはひとりで朝飯を食べなければならなかった。先生の弁当が作ってあるのは知っていたし、あとで届けるつもりでいたのに、疲れ切っていたぼくはごはんを口に入れたまま眠ってしまった。

眼をさますと、夕方だった。ぼくは先生のことを思い出し、弁当のことを思い出した。ところが、母でさえ促したのに、ぼくは山へ出かけようとしなかった。疲れていたのも事実だけれど、先生はもうひとりで生きてゆかれるにちがいないと考えたからだった。あのイヌワシの絵を完成したのだから、奥さんなしでも、ぼくなしでも、自分の食事の心配くらい自分でやれるだろう、と。

ぼくはぼくのイヌワシを描かなければならなかったのだ。

☆

一週間後に、イヌワシの絵を持って山荘へ出かけたぼくは、アトリエで死んでいる先生を発見した。先生は固い長椅子の上で、空っぽのウイスキーの壜といっしょにころがっていた。それからぼくは先生が描いた最後の作品を見た。ひどい絵だった。ひどすぎた。銭湯のペンキ絵だってもっとましなくらいだった。

医者は酒の呑みすぎによるショック死だと言ったが、母はあとでぼくを咎めた。おまえが弁当を運んでやらなかったからだ、と幾度も言うのだった。

その夜、ぼくはまたもや例の鳥を見た。便所の窓から、稲妻のために青く染まった空を静かに滑ってゆくイヌワシを見た。それはぼくのものでも、先生のものでもなく、稲妻のものに相違なかった。

チャボと湖

☆

夜が明けると、ほぼ平熱に戻っていた。額の血管がはげしく脈打つようなことはなくなり、汗ばみもおさまって、体全体がひんやりとしていた。いい気分だった。たいした病気ではなかった。毎年春先にかかるちょっとした風邪で、医者は三日も横になっていれば治ると言ったが、たしかにその通りだった。きょうでちょうど三日目だった。たぶん明日には学校へ行けるだろう。

眠るでもなく、考え事にふけるでもなく、ぼくは布団のなかでじっとしていた。水枕がまったく音をたてないほど微動だにしないで、地平線に接近している太陽の方角へ顔を向けていた。二階のその部屋からは寝たままでかなり遠くまで見渡すことができ、風も光もぼくのすぐ傍《そば》にあった。

春の太陽がいよいよ地表を暖めると同時に、きょうもまたあのろくでもない風が吹きはじめた。それはつむじ風でも突風でもなく、ひどくでたらめな吹き方をする一種の季節風だった。

その風はあたり一帯をかなり広範囲にわたって薄茶色に染めてしまうのだった。まだ買い手のつかない土地があちこちに残っている住宅団地の周囲は畑で、風は耕されたばかりの土を空中高く大量に舞いあげ、大気を着色した。風は午前中でおさまることもあれば、夕方までつづくこともあって、引っ越してきてまもない住人たちのなかには、早くもほかの土地を真剣に捜す者が何人かいるという話だった。

洗濯物を干せないとか、どんなに窓を閉め切っていても室内がザラザラするとかで、母は一日中その風に恨み言を並べたてていた。また父は父で、不動産業者を相手取って、せめて防風林だけでも造らせようとしていた。目下のところそれが父の唯一の生き甲斐だった。

しかし、ぼくは平気だった。高校へ通うのにたっぷり一時間もバスに揺られなければならなかったし、近所に友だちになれそうな同じ年の子がひとりもいなかったけれど、それでもあばら屋同然の官舎の暮らしよりははるかに快適だった。この新しい土地ではまだ、ぼくの学校の成績や、二年後に受験する大学について探りを入れてくるようなタイプの女は現われていなかった。

舞いあがった土埃のためにオレンジ色だった朝陽は黄色に変り、もはや透明な大気はどこにもなく、夕立の前のような雰囲気になってしまった。電線が唸《うな》り、鍵を掛けてあるアルミサッシの窓が細かく震え、植えられたばかりの若木があちこちの家の庭でのたうちまわっていた。

だが、裏の家で飼っているチャボたちは元気だった。風など物ともしないで歩きまわり、地面をつつき、ときどき思い出したように鳴いた。距離にしてわずか三十メートルしかへだたっていなかったが、土埃のために五羽の姿はぼんやりとしか見えず、風が強まったときなどは一瞬かき消されることさえあった。

チャボは毎朝大声を張りあげた。飼主は四十歳に近いという——母がどこかで聞いてきたのだ——町の病院の婦長をしているひとで、彼女は五人家族が楽に生活できる家にひとりで住んでいた。近所の主婦連中は彼女のことを《婦長さん》と呼んでいたけれど、尊敬のほかに皮肉がこめられていた。

ぼくはまだ婦長さんの顔をまともに見たことがなかった。一週間前に同じバスに乗り合せたひとがもしそうだとしたら彼女はかなり美しく、また引っ越してきた日に夜道ですれちがったひとがそうだとしたら四十歳どころか六十の老婆だった。

いずれにしても、ぼくは婦長さんに興味はなかった。あるとすれば彼女が飼っている五羽のチャボくらいなものだった。土埃に邪魔されないで陽光が真っすぐに地表に達しているとき、チャボの羽はルリ色と黄金色に輝くのだった。しかし近所のひとたちは彼女のペットを嫌っていた。朝早くから鳴くので睡眠不足になってしまうというのが主な理由だったが、まだ面と向って彼女に苦情を言った者はなかった。電話をかけて文句を言った者もなさそうだった。誰もが引っ越してきたばかりなので、新しい生活がはじまったばかりなので、最初から気まずい思いをしたくないと考えていたのだろう。

たしかにチャボの声は眼ざまし時計よりも数倍の効果があった。どんなに深く眠っているときでもいっぺんで眼がさめてしまい、あとはどんなに努力しても絶対に眠れなかった。だが、朝早く起きて勉強しなくてはならないぼくにとっては好都合だった。

しばらくのあいだぼくはチャボの声に耳を傾けていたが、どうしたわけかその朝にかぎってふたたび眠ってしまった。遅れた三日分の授業のことをひどく大げさに気にしているうちに、夢の縁までひきずりこまれた。

自分では夢を見ていたものとばかり思いこんでいたけれど、実際には違っていた。夢ではなく、まどろみのなかでの追憶だった。なぜそんなに古いことを思い出したのかよくわからなかった。十数年も前のことなので、本当にあった出来事かどうかも怪しかった。

まず、溺れかけている蛇が甦った。おそらくチャボの鳴き声からの連想だろう。婦長さんのチャボたちは先月の初め、冬眠からさめてまもないヤマカガシをやっつけたのだ。五羽の一斉攻撃を受けて、ヤマカガシはさんざんの目にあわされ、ぼくが気がついて近づいたときには、すでに腹を見せていた。あとから駆けつけた母は金切り声をあげ、当分のあいだ愚痴ばかりこぼしていた。蛇がいるような土地には住みたくないと父に食ってかかり、ついで、あんな獰猛《どうもう》な鳥を飼っている女の心が理解できないと言った。

溺れかけているのはヤマカガシではなく、シマヘビだった。四方をコンクリートの高い壁に囲まれた水の中で、それは懸命に這《は》いあがろうとしていた。ところが流れこむ水の勢いがはげしくてどうすることもできず、結局はいつまでも同じ動作を繰り返していなければならなかった。

ぼくがまだ小学校へあがっていなかった頃のことだと思う。ほかに母がいた。父はいなかったが、その代り顔見知りの男がいた。そして彼の子ども――ふたりとも男の子だったと記憶している――がいっしょだった。

カンカン照りのなかで、皆は苦しんでいるシマヘビをだいぶ長いこと眺めていたものだ。もはや鎌首をもたげる力はなく、ただ水にもまれているばかりだった。それだけのことだった。さして気にとめるほどの思い出ではなさそうだった。

風は相変らずだった。空には雲ひとつないのに、降り注ぐ陽光の大半は土埃に遮られて、朝というより夕方に近い眺めだった。母が台所で水を使っている音が聞え、やがてランニングに出かける父の足音が聞えた。朝の三十分間を軽く走るだけのことで、どんな病気も寄せつけない体になれる、と父は固く信じていた。そう信じなければ、土地と家を手に入れるために借りた二十五年ローンの金は返済できない、とほとんど毎日のように父は言うのだった。

いつもの朝と少しも変らなかった。そのことがなければ、きのうの朝とまったく同じになるはずだった。斜め後ろの、つまり婦長さんの家の東隣の家に住む新聞記者が、また朝帰りをしたのだ。地方紙に勤めている男で、彼はしょっちゅう酔っぱらって帰宅した。普段はとても気が小さく、高校生のぼくの顔さえまともに見ることができないくせに、酒が入ると恐いもの知らずになるのだった。彼が新聞記者だなんて、ぼくには信じられなかった。

今朝の彼にはいつもよりアルコールがたくさん残っていたのかもしれなかった。もしそうでなかったら、いつものように塀を乗り越え、開けてもらえるまで玄関の扉を叩き、それから奥さんに怒鳴られながら家へ入っただろう。ところが今朝の彼はそうしなかった。塀を乗り越えるまでは同じだったが、そのあとが違っていた。玄関の扉を叩く代りに婦長さんの家の方へ近づいて、いきなりチャボに八つあたりしたのだ。垣根の上から赤く染まった首を突き出すと、彼はこう怒鳴った。うるせえぞ、このニワトリどもめ！

その太い声は風に吹き飛ばされてかなり遠くまで届いただろう。台所の音がとまった。母も気がついて聞き耳をたてたのだ。おそらくはほかの家の住人たちもそうしただろう。

当のチャボたちはといえばまったく意に介しておらず、せわしなく歩いて地面をつつき、急に立ちどまったかと思うと喉の奥から大声を絞り出した。

新聞記者は怒鳴りつづけた。だが、うるさいとむやみに叫ぶのはやめにして、今度はいくらか理論的になった。演説口調といってもよかった。「われわれ貧乏人は……」と言った。こんなに不便な、こんなに狭い土地にしか住めないのだから、互いにいたわり合って暮らさなければいけないとか何とかわめいた。それからいっぺんに飛躍したことをがなりたて、県の住宅政策について触れたかと思うと、脱いだ靴をチャボめがけて片方ずつ投げつけた。

「だいたいだなあ」と彼は怒鳴った。「こんなところでニワトリなんか飼っちゃいかんのだよお」

それが彼の結論だった。そこへ奥さんが現われなかったら、彼はきっと垣根を乗り越えてチャボを追いかけただろう。奥さんに首根っこをつかまえられた彼は、二言、三言弁解がましいことを呟《つぶや》きながら、そそくさと家へ入ってしまった。同時に婦長さんの家の窓のひとつが荒々しい音をたてて開き、やはり同じ音をたててすぐに閉じた。五羽のチャボたちは天から降ってきた靴を遠巻きにしていたが、やがて攻撃の体勢に移った。

☆

ランニングから戻ってきた父をつかまえて、母は一部始終を喋っていた。安普請なので、階下の声が手にとるように聞えた。母は最初、酔った勢いでひどい言葉を投げた新聞記者をなじった。非常識にもほどがあると言い、そんな夫を持った奥さんに同情すると言った。けれども今度はすぐに婦長さんを批難した。チャボはやめて、セキセイインコかカナリアくらいにしておけばいいのに、と言った。

ぼくが布団のなかで朝ごはんを食べているあいだに、父を乗せた黄色いバスが土埃の彼方へと吸いこまれて行った。母はぼくの額に手をあてて熱を計り、いくらか安心して、またもや大学の話を持ちだした。相変らず母は国立大学しか大学と認めていなかった。私立大学では意味がない、と言って階下へおりて行った。

朝食後ぼくはまた窓の方へ顔を向けて、じっとしていた。婦長さんの家のガラス戸がほんのわずか開いて、何回か片手が出たり入ったりし、目ざとくそれを見つけたチャボたちが駆け寄って、せわしなく地面をつついた。

ぼくはこれまで、彼女がそんな横着な餌の与え方をしているのを一度も見たことがなかった。餌を山盛りにした五つの器を自分のまわりに並べ、食べ終るまで付き添っていてやるのだ、と母が話していた。

聞えてくるのは風の音ばかりだった。チャボたちは風に吹き飛ばされる餌をついばむのに忙しく、また太陽がすっかり昇ってしまったのを知って、ほとんど鳴かなかった。

静かだった。ぼくはまたまどろみのなかへ引きずりこまれ、そして例の追憶へと傾いていった。

シマヘビは助けてもらえなかったのではないだろうか。棒切れ一本でそれができたのに、気味わるがって誰も手を出さなかった。母と子どものぼくたちは当然としても、おとなの彼になら簡単にやってのけられたはずだ。背が高く、手も足も大きく、肩も広い、蛇の一匹や二匹に尻ごみするような男ではなかった。

ぼくはその男の顔を今でもはっきりと覚えていた。新しい農法を次から次へと大胆に取り入れる男で、一年中日焼けしており、眼の輝きと笑顔をいつも絶やさなかった。そんな彼がシマヘビを見殺しにするはずはなかった……いや、彼は助けたのだろうか。

ともかく、ぼくたちはそれから歩きはじめたのだ。夏の田舎道は強い光にさらされて白っぽく、大気全体が大きく歪み、田んぼもその向うに横たわる山脈も渦を巻く暑気のなかでかすかに揺れているように見えた。どこへ向って歩いていたかといえば、村からおよそ四キロ離れたところにある湖だった。

それにしても、なぜそんな組合せになったのだろうか。父はどうしたのだろうか。なぜ男の妻はいっしょでなかったのだろうか。母とぼくは母の実家へ遊びにきていたのだ。それに間違いはないのだが、ほかの細かいことについてはまるでわからなかった。見当さえつかなかった。

あの男の家が同じ村にあったとはいえ、母の実家とはだいぶ離れていた。まだ電話もクルマも普及していなかったあの当時、誰がどうやってその計画をまとめ、連絡したのだろのだろうか。男が母の実家まで誘いにきたのだろうか。それともふたりはどこかで落ち合ったのだろうか。ぼくがはっきりと覚えているのは、湖に向って長い道のりを五人が上機嫌で歩いて行ったことくらいなものだった。

洗濯機のモーターの音が聞え、母の鼻歌が聞え、テレビのモーニングショーの音声が聞えていた。ぼくはそっと起きあがって階下へ行き、便所へ寄るふりをして居間へ忍びこみ、テレビの前に寝そべった。けれども母はたちまち勘づいて、ぼくはまた二階へ追い払われてしまった。テレビが駄目なら新聞だけでもと頼んでみたが、無駄だった。母は真顔でこう言うのだった。どうせ読むなら教科書にしたら、と。ぼくはそのとき母をまじまじと見つめたものだ。母はすっかり変ってしまっていた。五人で湖へ出かけたときの面影はどこにもなかった。

風が突然やんで、大気中の土埃が少しずつ減ってゆき、陽光が強まってきた。婦長さんのチャボの姿が次第に鮮明になって、遂には羽の一本一本が識別できるようになった。五羽がひとかたまりになって、庭の端から端までをゆっくりと歩いていた。十時を過ぎたというのに、婦長さんはまだ勤めに出かけていなかった。玄関の扉は閉まったままだった。休日なのかもしれなかった。

新聞記者の奥さんが物干し竿を持って、垣根に近づいていた。充分あたりに気を配り、やにわに竿を婦長さんの庭へ差しだして、さっき夫が投げつけた靴を取ろうとした。彼女は婦長さんがまだ家にいることを知らなかったのだ。とっくに勤めに出て行ったと思いこんで、そんなことをはじめたに違いなかった。

手前にあった靴は一度でうまく引き寄せられた。だが、もう片方は縁側の前にあって、その竿では届かなかった。やむなく彼女は意を決して垣根を乗り越え、チャボたちにつきまとわれながらも素早く庭を横切った。身をかがめてそれをつかんだとき、縁側に面した窓がいっぱいに開けられた。

婦長さんの顔が見えたのはほんの一瞬にすぎなかった。しかもぼくの位置からは顔の下半分しか見ることができず、正確な表情はつかめなかった。たぶんものすごい形相だったたろう。そして、低い声で怒鳴ったりしたのではないか、と思う。新聞記者の奥さんは思わずつかんでいた靴を落し、また大急ぎでそれを拾うと何事かぶつくさ言い、さかんに頭を下げ、あとはまたチャボたちに追いかけられて垣根を乗り越えた。婦長さんはガラスが割れるかもしれないような荒々しさで窓を閉めた。

そこへ今朝方酔って帰った新聞記者が現われた。足元に投げられた靴をはき、小さな紙袋を抱えて外へ飛び出して行こうとする彼の背中を奥さんは思い切り強く叩いた。おそらく背中にはくっきりと五本の指の跡が赤くついただろう。

ぼくの周囲のおとなたちは皆おかしな生き方をしていた。三日間家で寝ていたらそれに気がついたのだ。誰もが少し真面目で少し不真面目で、ともかく毎日を中途半端に生きていた。母はいつもこう言った。おとなになって勉強しても手遅れだ、と。また、こうも言った。おとなになる前に勉強をした者だけがましな人生を送れるのだ、と。

さいわいぼくは勉強嫌いではなかった。習ったことさえ記憶していれば、せいぜい数年間忘れないようにしていれば、すんなりとおとなの世界へ入って行けるはずだった。今の調子で進めば父よりましな暮らしができる、と母が太鼓判を押してくれた。けれども、勉強からまったく離れた生活もそれはそれで素晴しいものだった。できることなら一生寝て暮らしたいという気持がないではなかった。

両親はきっと死ぬまでぼくを手放さないだろう。老後の面倒をみさせるためにぼくを生み、ぼくを育てているのだから、そう簡単に逃がしはしないだろう。たとえばもし父の身の上に、何か良くないことが起きて、家と土地のために借りた金が返せなくなった場合は、ぼくが肩代りしなければならないだろう。父の夢は、ぼくが国立の大学へ入った日にいっしょに酒を呑むことだという。母の夢はまだ一度も聞いていない。言えないほどとてつもなく大きな夢なのだろうか。ぼくにもっと広い土地を手に入れさせ、もっと立派な家を建てさせ、それでもまだ際限なく注文をつけてくるのではないだろうか。

父はそうでもないのに、母はすっかり変ってしまった。あの不思議な組合せで湖へ遊びに出かけたときの母はもうどこにもなかった。

白っぽい真っすぐな道を歩いたあと、ぼくたちは湖に面した涼しい木蔭に腰をおろして休んだ。もしかするとその前にボートに乗ったのかもしれないが、覚えはない。湖を眺めながら、草の上に坐って握り飯をほおばったのは事実だ。あの男の下の息子が両手に握り飯を持ちたいと言って泣きわめいたので、ぼくたちはさんざん笑ったものだ。

果してあの男と母とは、同じ村の学校で机を並べたというだけの間柄なのだろうか。それにしても母の実家ではよく許したものだ。夫でもない男と湖へなど遊びに行かせられたものだ。しかも、真昼に堂々と村の中央を横切って出かけたのだから。男と女が立ち話をしただけでもろくでもない噂がたつような時代だったのに。母とあの男はぼくたち子どもを隠れみのに使ったのだろうか。

☆

正午を過ぎると、またもや例の風が暴れだした。耕したばかりの畑からはもうもうと土埃が舞いあがって、澄んでいた大気はたちまち濁ってしまい、あたりは急速に光を失っていった。まともに太陽を見つめてもくしゃみが出ないほど暗くなった。

この春に越してきた家の奥さんが、階下で母と喋っていた。一カ月後に開店するスーパー・マーケットでパートの仕事をしないかという話だったが、母は大いに乗り気だった。いいことずくめだった。熱心にやれば月に五、六万の収入が得られる。仕事はとても楽で、誰にでもやれる。品物によっては卸し値で売ってもらえる。特別手当もある。しまいには母は声をうわずらせて、この話をよそへもらさないでくれ、と何度も念を押すのだった。

あの湖へあれきり行っていない。たぶん母も同じだろう。ぼくたちは夕方まで湖で過した。その間子どものぼくたちは波打ち際で砂山を作ったりして遊んだかもしれず、あるいは親の傍を片時も離れなかったのかもしれない。一体どうやって半日を潰したのかまるで記憶にない。

ただ、帰り道で同じシマヘビを見たのははっきりと覚えている。相変らずコンクリートの壁をのぼれないで水にもまれていた。そうなのだ。シマヘビは結局助けてもらえなかったのだ。

そのあとどこで別れたのだろうか。男は母の実家まで送ってきてくれたのだろうか。彼のふたりの息子はぼくに手を振って走り去ったのだろうか。そんなことはもはやどうでもよかった。彼が母にとってどんな意味を持つ男だったのかについて、特に知りたいとも思わない。不自然といえばたしかに不自然な組合せで、疑えばきりがなかったが、ぼくには何の関係もないことだった。あの日の母が輝いて見えたというだけで充分だった。

それからぼくはまた眠ってしまった。できればあの湖を夢のなかで訪れてみたかった。もちろんそううまくゆくはずはなかった。どんな夢も見ず、ぐっすりと眠ってしまい、眼がさめたのは三時近くだった。

眠りすぎて体全体がだるく、頭も冴えなかった。しかしこの三日間は決して無駄ではなかった。熱が下るまで横になって過しただけなのに、三日分の授業が受けられないで遅れをとってしまったのに、それでも有意義な時間だった。ごろごろして過す人生もわるくないと考えられるようになったのだから。世間から外れた生き方がどんなものか想像することができたのだから。とはいっても、ぼくは絶対にそんな道を歩んだりしないだろう。国立大学へ入るために必要なありとあらゆる知識を可能なかぎり頭に詰めこんで、のべつあくせくするほうの道を選ぶだろう。

父も母も人生は終ってしまった。ふたりはいつも自分でそう言っていた。この家が完成した日に、父は「先は見えた」と一言呟き、母は母で「これ以上いいことはもうないでしょうね」と言い切った。

風はやんでいた。そよとも吹かず、庭木はまるで撮影所のセットの木のように微動だにしなかった。そして、あたりはしんと静まり返っていた。大気は少しずつ透明に近づき、地平線に貼りついている町の輪郭も次第に鮮明になってきた。

チャボたちは依然として庭に放されたままで、元気よく歩きまわっていた。野良猫が一匹屋根の上からチャボを眺めていたが、襲いかかる勇気がないのか、いつまでも行動に移らなかった。

やはり婦長さんは出勤していなかった。休みをとったのだろうか。彼女の姿がときどきカーテンの向う側で動くのが見えたが、何をしているのか見当もつかなかった。母はきのうと同様、居間で主婦向けのテレビ番組に熱中していた。

そのまま何事もなければ、きのうとそっくりな一日が終り、ぼくの風邪もすっかり治ったに違いなかった。

婦長さんの家のガラス窓が叩きつけられるような音をたてて、いっぱいに開けられた。それは三十メートルも離れたところにいるぼくが思わず身振いしたほどはげしい音だった。ついで、婦長さんが勢いよく外へ飛び出してきた。ビニール製の肉屋で使うような大きな前掛けをし、ゴム長靴をはいて、おまけに顔の半分が隠れてしまうほどのサングラスをかけていた。家の中で身仕度をしたのだろう。

婦長さんは手ぶらではなかった。左手にバケツをさげ、右手には柄杓を握りしめていたのだ。ぼくは最初チャボに餌を与えるのではないかと考えた。現にチャボたちもぼくと同じことを考えたらしく、彼女のまわりに集まった。ところがチャボが浴びせられたのは餌ではなく、水だった。消毒液か何かではないかとぼくは考えた。いや、消毒液ではなく、熱湯だった。

湯気があがり、細く長い奇妙な声が四方八方へ飛び散ったかと思うと、まず一羽が彼女の足元に倒れた。肢をさかんに曲げたり伸ばしたりして、悲鳴をあげた。ほかの四羽は一斉に飼主の傍を離れた。彼女は追いかけた。柄杓で熱湯を汲んでは必死に逃げまわるチャボの頭からふりかけた。

婦長さんは黙りこくってそれをやっていた。柄杓とバケツが触れ合う音、はばたき、悲鳴が繰り返しぼくの耳を襲った。ぼくは布団から出て、窓にぺったりと顔を押しつけた。眼をそらそうと思ってもできず、まばたきもしないで、ぼくは婦長さんのやることを見つめていた。

うまくいったのは初めの一羽だけで、あとはだいぶ手こずった。空中に舞いあがったところを浴びせられた一羽などは、完全に息絶えるまでにそのあと五回以上も飛びあがらなければならなかった。

まだ三羽が逃げまわっていた。垣根を越えれば助かるのに、チャボたちはその狭い庭から一歩も出ようとせず、そこだけが世界だと信じて、慌てふためいていた。

階下では母も台所の窓から見ているだろう。ほかの家でも奥さん連中がやはりどこかからこっそりと見ているだろう。

バケツが空っぽになると婦長さんはすぐにゴム長靴をはいたまま部屋へあがり、煮たった湯を汲んで戻ってきた。そしてまた一羽を垣根に追いつめて動きをとめ、カイヅカイブキにしがみつこうとした一羽を地面に落した。最後の一羽はといえば、夕立のような勢いで降り注ぐ熱湯の雨をかいくぐり、何を思ったのか突然小舎へ入ってしまった。そこが一番安全な場所だと考えたのだろうか。屋根にいた野良猫がやおら立ちあがり、木を伝っておりて行った。

小舎の前に立った婦長さんは、しばらくのあいだ金網越しにチャボを見ていた。それから、まるで花に水をやるような優しい手つきで、柄杓を二度、三度と静かに振った。彼女の背中が邪魔してチャボがどんな具合に倒れたかは見えなかったが、声ははっきりと聞えた。

もう何も聞えなかった。五羽のチャボはそれぞれ違った場所で倒れており、婦長さんはバケツをさげて庭の真ん中にいつまでも立ちつくしていた。大きなサングラスと、強い西日のために、彼女の顔はとうとうわからずじまいだった。

実際に静寂そのものなのに、チャボの声とはばたきがまだそこいらじゅうに残っていた。婦長さんは家へ引っこみ、しばらくしてまた庭へ出てきた。服装がすっかり違っていた。それは出勤するときの身なりだった。ワンピースとハイヒールといった恰好で庭をゆっくりと歩き、ぐったりとなったチャボを一羽ずつ拾い集め、何枚も重ねた新聞紙で包むと、垣根をまたいで新聞記者の家へ近づいて行った。

チャイムのボタンが押された。やがて玄関の扉がほんのわずか開けられ、奥さんが顔を出した。しかしその顔はいっぺんに青ざめ、すぐにひっこみ、彼女はさっきチャボがあげた声よりもひどい声で叫んだ。

婦長さんは落着き払っていた。相手がどんなに取り乱しても、彼女は礼儀正しかった、深々と頭を下げ、持っていた新聞紙の包みを玄関に置き、ついでまた頭を下げた。それはまるでお裾分けのときの態度だった。彼女はそのまま通りへと出て行き、バス停の方へと歩いて行った。

婦長さんの姿が遠のくと、ぼくの母を含めた近所の奥さんたちがどっと表へ飛び出した。ぼくは窓に寄りかかって、めまいと軽い吐気に堪えた。

☆

その夜婦長さんの家に灯りは点《つ》かなかった。夜勤だったのかもしれない。

父が会社から帰ってくると母の興奮は再燃した。見た通りのことを喋っているうちにまた気分がわるくなったらしく、途中で何度も口をつぐんだ。ぼくは晩ごはんがどうしても食べられなかった。それどころかまた熱が出てきた。汗が出て、そのくせ背筋のあたりがいやに寒く、薬を呑んでみてもあまり効き目はなかった。

母は父をつかまえて、およそこんな意味のことを言った。あんな女だからいつまでも結婚できないのだ、と。こうも言った。ひとりであんな大きな家に住むことはないのだ、と。父の意見は逆だった。いつまでも結婚できないからそんな女になったのだ、と。

その夜は珍しく早く帰宅した新聞記者が、庭の片隅にうずくまって何かごそごそやっていた。たぶんチャボの始末をしたのだろう。さっきまで彼の奥さんがさんざん泣きわめいていた。彼はゴミの袋を抱えてさりげなく通りへ出て行き、電柱の下へそれを置くと、素早く家に戻った。明朝ゴミの回収車がくるまで、チャボはそこにころがっていなければならなかった。

ぼくが寝ついたのは夜もだいぶ更けてからだった。それまであれこれと考えてみたのだが、結局答は出なかった。ぼくはただうろたえて、怯《おび》えて、震えあがっていただけだった。わからないことだらけになってしまった。

その晩ぼくは不思議な夢を見た。あの湖で過した一日がそっくりそのまま再現されたのだ。ぼくと母、そしてあの男と彼のふたりの息子が、湖に面した涼しい木蔭で握り飯を食べていた。誰もが元気で、顔は湖面のようにキラキラと輝いていた。そこまでは寸分変らなかったが、ひとつ違っていることがあった。すぐ傍に婦長さんがいたのだ。彼女はまじまじとぼくたちを見ていたが、やがて連れていたチャボに熱湯をかけはじめた。もっと不思議なのは、いつしか母と婦長さんの位置が入れ替っていることだった。つまりあの男の隣に婦長さんが坐っていて、母は岸辺でチャボを追いまわしていたのだ。

その時、魂は祈りの響きになる

解説
茂木健一郎

丸山健二の文学性は、ジェームズ・ジョイスに通じる。

本作品集に収録されている初期短編を改めて読みながら、私はそう思った。『ダブリン市民』は、周知の通りジョイスの最初期の作品集である。無駄のない均整のとれた文体で書かれた一連の作品は、短編小説の旧約聖書とでも言うべき、完璧な構成を見せている。

後年、ジョイスが『ユリシーズ』や『フィネガンズ・ウェイク』といった実験小説、前衛小説を書きつつ、二十世紀の文学史に巨大な足跡を残したことは広く知られている所である。若き日に『ダブリン市民』を残したジョイスが、やがて難解な実験小説を書く。人々はそのコントラストの中に天才の魂の遍歴を見る。

すぐれた芸術家は生涯を通して変貌を続けるが、若き日の作品群は作品を受容する側にとっての定点を提供する。ピカソのキュビズムは、初期の見事な絵画によって担保される。このような文脈において、本文庫に収められた初期の短編の数々は、弱冠二十三歳で芥川賞を受賞し、長年文壇と一線を画して孤高の道を歩んできた丸山健二の文学の全体像を理解する上で、重要な意味を持つのではないか。『ダブリン市民』に通じる高い完成度を持つこれらの作品は、その後の丸山健二の文学活動を理解する上での確固とした座標軸を提供してくれる。

芥川賞受賞作となった「夏の流れ」は、死刑囚の収容された刑務所で働く刑務官の日常という重いテーマを、いたずらな感傷を排した乾いた文体で描く。丸山健二の文体は、単なる美意識に基づく選択ではない。その簡潔な文体は、ジョイスにおけるように、人間はいかに生きるべきかという、強い倫理的感覚によって裏付けられている。

重い罪を犯したとはいえ、一人の人間がこの世から去ることが、別の人間の人生を支える。そのような因果的脈絡を、生活の糧として計算しさえする。恐ろしい冷血のようだが、それは、私たちが住むこの世界の象徴的縮図でもある。

釣のことはそれで終り、次は今度の赤ん坊を考えていた。

——三人目か。多過ぎるかな？　多いな。これ以上殖えたら食えなくなるぞ。上のはそろそろ学校に行くし……少し働いて貯えるか。今のままじゃたまりそうにないな。一ヵ月に三回位あの当番が回ってきたらな。特別手当でなんとかやっていけるんだが。俺はなにを考えてるんだ。あんな当番なぞないほうがいいのに。ああ、いいさ。なんとかなるさ。

（「夏の流れ」）

他人の犠牲が、自分の幸福と脈絡でつながる。もちろん、平均的な市民生活においては、一つの死ともう一つの生の交錯は、「夏の流れ」の刑務官のような極端な形では現れない。それにしても、胸に手を当てて考えてみれば、自分の生活の中で、「あの当番」に通じる何かが、誰でも一つや二つは思い当たるのではないか。

「あっ」

妻が小さく叫んだ。

「どうした？」

「なんでもないわ」と妻は言った。「おなかの赤ちゃんが動いたの」

「そうか」

妻は水平線の遠くを走る、白い漁船の群を見ていた。

「子供たちが大きくなって、俺の職業知ったらどう思うかな？」

「どうして？　あなた今までそんな事言ったことないわ」
「そうか」と私は言った。「ただ、思ってみただけだ」
（「夏の流れ」）

刑務官という特殊な職業だから、上の会話がリアリティを持つのではない。およそ、社会で人と交わる職業（つまりはありとあらゆる全ての生業）において、他者の幸福と自分のそれが、完全に和する事態などあり得ない。刑務官の胸の痛みは、他人と交渉しなければ生きてはいけない我々全ての哀しみである。だからこそ、「夏の流れ」は刑務所という特殊な場所における人間模様を活写したという以上に、私たち一人一人の存在の根幹にかかわる文学としての普遍性を持つのである。

丸山健二が、日本の近代文学の在り方に対して批判的であることはよく知られている。作家の全ては、その処女作に顕れるという。思うに、丸山は美に耽溺するには世界の実相が見えすぎ、私小説的世界に満足するには倫理的過ぎるのである。そのような作家の資質は、「夏の流れ」の中にすでに現れている。このデビュー作は、小説家が文学性の美名の下に往々にして直視しようとしない人間の生存の怪奇な真相と向き合うことで成立している。

文壇との断絶も、丸山の文学性に発する必然ではないか。他人とにこやかに付き合っていこうとすれば、人はどこかで自分の感覚を麻痺させなければならない。真実は、世間とうまくやっていくということとは関係がない。仏陀は、生と死が交錯するこの世界の有様を見て苦しみ、そこからの解脱を求めた。仏陀の道は、決して予定調和ではなかった。仏陀は、最後は自分の家族でさえ捨てた。文壇に背を向け、安曇野に籠もって孤高を貫く丸山健二の人生は、深い水脈で仏陀のそれとつながっている。

もちろん、丸山健二をいたずらに求道者に祭り上げても仕方がない。丸山健二は実際に文学の求道者ではあるが、同時にその作品世界は「求道者」という禁欲的なイメージを裏切る、様々な実験的な試みや前衛的な企みに満ちている。

最近刊の『鉛のバラ』（２００４年）は、主人公の男を俳優の高倉健に指定するという、前代未聞の小説である。作家自らが撮影した高倉健の肖像写真が、表紙を飾っている。円熟期の傑作『千日の瑠璃』（１９９２年）は、「まほろ町」に住む少年、世一と、オオルリを巡る千日の物語を、千の視点による千の日記という前衛的な手法で描いている。「私は風だ」「私は闇だ」「私は棺だ」「私は鳥籠だ」「私はボールペンだ」「私はため息だ」「私は九官鳥だ」「私は雨だ」「私は風土だ」「私は口笛だ」「私は噂だ」……。日を新たにする毎に替わる視点から、重層的な世界が叙述される。

主人公の視点から、意識の流れを描く。あるいは、作品世界における特権的な神＝作者

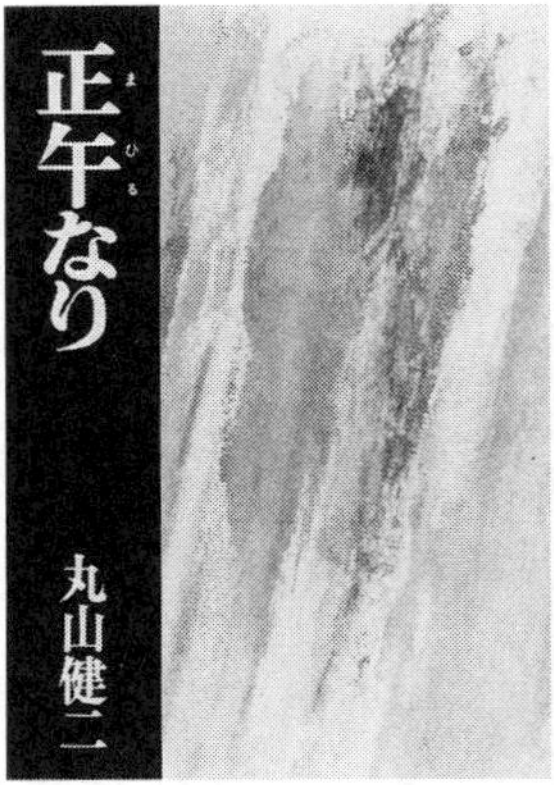

『正午なり』カバー
（昭43・8 文芸春秋）

『夏の流れ』カバー
（昭42・7 文芸春秋）

『水に映す』カバー
（昭53・1 文芸春秋）

『三角の山』カバー
（昭47・12 文芸春秋）

著者近影

の視点から、登場人物たちの行動や心理を描写する。そのような、近代文学の約束、文法から遠く離れた『千日の瑠璃』は、文学はこうでなければならない、といった思い込みから自由な、創造の躍動に満ちている。

『千日の瑠璃』に先立つ『水の家族』(1989年)は、死んでしまった「私」が、もはや骸と化した《私》から離れて、風のような自由な視点と化し、妹の八重子をはじめとする家族たちを巡って「草場町」で起こる出来事を綴って行く物語である。重要な場面に謎めいた象徴として現れる巨大な海亀など、様々な幻想的な仕掛けに満ちた叙述は、「忘れじ川は泣いて流れる」という印象的な結末に向けて、ぐいぐいと読み手を惹きつけて行く。

日本の文学というフィールドに置いてみると、丸山健二の作風は孤立しているようにも見えるが、芸術全体から見れば、そうでもない。

現代アートの世界では、既成の形式にとらわれない自由な表現が、芸術性の核心をなすものとして認知されている。便器を『泉』と称して展覧会に持ち込んだ1917年のマルセル・デュシャンの事件以来、芸術とは自由であるというテーゼが外連のない形で継承されている。今日においても、従来の表現形式を打ち破るアート作品が批評的に高く評価され、しばしば商業的にも成功を収める構造が維持されている。

それに比べて、日本の文学の現状はどうか? 一見、頑なに孤高を貫いているように見える作家、丸山健二の時には遊び心に満ちた前衛性は、もっと高く評価されていいのではないか。

野心ばかり先走って技術が追いつかない若者が書いているのではない。世知に長け、円熟した作家が、敢えて前衛を貫いているのである。そのような実験性の維持が、「文壇」を離れる形でしか継続できないのだとすれば、日本の「文壇」は例えば現代アートの現場と比しての表現の自由の劣化を大いに反省すべきなのではないか。

もちろん、表現形式の自由は、文学性の追求においてこそ正当化される。完璧な短編小説を書き、その後前衛的、実験的小説に転じる。丸山健二やジェームズ・ジョイスの作風の変遷は単なる気紛れによるものではない。ファッションや流行とは関係のない、芸術家の履歴の背後にある文学的必然性を、私たちは読み取るべく、真摯に努力すべきなのではないか。

日本のジョイスは、近年は庭造りに熱中している。安曇野の丸山健二の自宅の庭の美は、その完成度において小説に劣らない。毎年、六月中旬のわずかな期間の「頂点」を目指して、丸一年をかけて丹精していく。庭をつくる、というと、いかにも繊細で優しい心の持ち主の所作であるように思われるが、丸山健二の庭造りは、それほど生やさしいものではない。

そもそも、庭を造るとはどのようなことか。自然のままに任せていて、自分の審美眼に叶う庭ができるはずがない。自然を力ずくでねじ伏せ、征服し、時には理不尽な扱いをする。そのようにして、はじめて思ったような庭ができる。良い庭師は、その本質において、丸山健二の小説の、時に暴力的でしばしば粗野な、それでいて魅力的な登場人物たちと変わらない。

私は、二年ほど英国に留学していたことがある。ものぐさであったから、借りていた家の芝生の管理には苦労した。英国では、どこに行っても美しい芝生が広がっている。いかにも自然のままの光景にも見えるが、それはとんでもない勘違いである。

一ヵ月も放っておけば、草がぼうぼうと生えてくる。やがて、色とりどりの花が咲く。雑草が生い茂った様子は、日本のその辺の草むらと変わりがない。自然を愛する立場からは、そのままにして置きたいが、隣近所の目がうるさい。仕方なく芝刈り機を使う。つまりは雑草の大量虐殺である。

英国の芝生に限らない。ある美意識を持って庭を造るとは、必然的に大量の植物を虐殺することである。そのあたりの事情を、きわめて文学的に自覚しているのが、丸山健二という庭師である。

私が安曇野の丸山邸を初めて訪問したのは、秋口のことだった。「本当は六月に来るのが一番いい」と言いながら、スキンヘッドの、まるでその筋の怖い兄さんのような押し出しの作家は、どのようにして庭をつくるのかをぶっきらぼうに説明してくれた。雑草は、どんどん抜く。殺虫剤は使いまくる。去年美しいと思った花でも、今年気に入らなかったら容赦なく除去する。美しい庭を造る秘密を語る口調は、審美者というよりは、マッチョな仕事師のそれであった。

何よりも印象的だったのは、「美しい」とか、「きれい」だとか、そのような感傷に属する言葉がいっさい丸山の口から出なかったことである。『夕庭』、『ひもとく花』などの写真集に接した読者ならば、丸山の庭の鬼気迫る美しさは知っているはずだ。この世のものとも思えぬ美を現出する完璧主義者が、「美しい」とは何かを知らないはずがない。それでも、そのような言葉をいっさい発せずに、邪魔な草をいかに抜き、虫たちを殺戮するかしか語らない。その点に、私は丸山の決して衒いではない深い世界観を見た。美は、殺戮によってこそ維持される。それが丸山健二の世界認識であるように思われる。人為によって維持される庭だけの話ではない。自然の美とて、同じことだ。

およそ、生と死のドラマや、どろどろとした性の営みと無関係な自然の美があるだろうか。南の島を訪れる観光客にとっては、目の前に広がる珊瑚礁は、無垢なる美であるかもしれない。しかし、そこに生きるものたちにとっては、珊瑚礁は絶えざる生存競争、血なまぐさい殺戮の場である。異性の獲得を巡る闘争の舞台でもある。そのような生命連鎖の結果、珊瑚の海の美は創られ、維持されている。自然を美として純粋に観照する立場は、自らを生態系の外に置いてはじめて成り立つ。そのことに自覚的でない書き手は、観光パンフレットや感傷的な旅行記の書き手にはなり得ても、丸山健二の初期作品のような文学的深みには達し得ない。

実際、日本の近代文学の作品の自然描写には、自らも生態系の中で他の生命を殺して生きなければならない存在であるという事実を棚上げして、審美を装ったものはなかったか？　そのような欺瞞に対して、丸山健二のいらだちは向けられているのではないか。あの日、丹精を込めた庭を見渡すテラスで丸山が扱き下ろした文学者の中には、名前を聞けば驚くほどの大家が含まれていた。丸山作品の背後には、日本の近代文学を成り立たせてきた「知識人」の精神構造に対する鋭い批評性がある。私は、作家の魂に触れる思いがした。

丸山は、自らの都合により庭の草を抜き、虫を殺戮しつつも、決してそのような立場にある人間を特権視しているわけではない。

「騙されたような気がする」と武男は言った。

「誰に」と良子。

「……………」

「誰に騙されたの」

「人間を造ったやつだ」
「……」
（「その日は船で」）

長い進化の過程の中で、人間もまた、本来は生存のために絶えざる闘争を続けなければならない生き物であったはずである。コンビニに行けば食べ物があり、街を歩いても死体が転がっていないというのは文明という人工的世界の中での特殊事情であるが、現代人はついそれを忘れてしまう。

マルサスが『人口論』を発表したのは、1798年のことである。放っておけば、人口は2倍、4倍、8倍……と等比級数的に増大する、その一方で、食料などの生存を維持する手段は、せいぜい1倍、2倍、3倍と等差級数的にしか増大しない。必然的に両者の間にはギャップが生じ、何らかの形で人口を調整する必要がある。発表当時、マルサスは冷血な化け物と批判された。しかし、今日の目から見れば、マルサスは、大量の卵を放出し、その一部分だけが海底に着生して生き延びる珊瑚から、万物の霊長たる人間まで、全ての生きとし生けるものに共通の厳粛な生存と繁殖の条件を曇りのない眼で見つめ、そのまま記述したに過ぎない。

丸山健二の文学が時に暴力的で、冷酷に見えても、それは為にする表現ではない。そこにはマルサスの曇りのない眼があり、仏陀の四門出遊の覚醒がある。容赦ない殺戮の果てに造られる丸山健二の庭の美に宗教的な感性を看て取る人がいたとしても、それは偶然ではない。言葉を刈り込み、磨いて紡ぎ出されるその作品と同じように、丸山健二の庭は、世界の有様を自己欺瞞なしに見ることを選択した男の、一つの祈りの表現なのである。

丸山健二が、安曇野の庭に籠もり、孤高を貫き新たな文学の可能性に挑戦する様は、一人の芸術家の生き方として掛け値なしに美しい。その一方で、私はそのような現状を寂しくも思う。丸山健二が、時には都会の雑踏の中に身を置き、私たち現代の世俗にまみれるものたちと親しく交わってくれたらと思う。

「陸沈」という言葉がある。世俗の社会を離れず、しかし超然としている。人間《じんかん》にあり、しかし人と積極的には交わらない。陸沈した丸山健二が見る世界を覗いてみたい。それは切ない個人的な願望である。

「夜は真夜中」に描かれた青年期の心の揺らめき。「チャボと湖」の婦長に見られる俗物性と秘められた暴力性。孤高を貫きながら、人心の機微に通じる。丸山健二は、文明の中に生きる現代人の哀しみを間違いなく知る人である。

その人が、時に世俗の我々の下にまで降りてきてくれたなら。

もっとも、私の切ない願望はすでに叶えられているのかもしれない。丸山健二の肉体は安曇野の庭に身を置きながら、その精神は風となり、雲となり、水となって、都会に住む私たちのもとへと旅しているのかもしれない。

少なくとも、作品を繙くことで、私たちは丸山健二その人の魂の居る場所まで、会いに行くことができる。

その時、私たちの魂は、きっと安曇野の花々の上を渡る風となる。生と死の諸相を見つめる祈りの響きそのものになる。

年譜

丸山健二

一九四三年（昭和一八年）
一二月二三日、長野県飯山市で次男として出生。
一九五〇年（昭和二五年）　七歳
四月、大町市立小学校入学（現大町市立大町西小学校）。
一九五五年（昭和三〇年）　一二歳
篠ノ井市立通明小学校へ転校。
一九五六年（昭和三一年）　一三歳
三月、通明小学校卒業。四月、篠ノ井市立通明中学校入学。
一九五九年（昭和三四年）　一六歳
三月、通明中学校卒業。四月、国立仙台電波高等学校（現国立仙台電波工業高等専門学校）入学。
一九六四年（昭和三九年）　二一歳
三月、仙台電波高等学校卒業（高専は五年制）。江商にテレックス・オペレーターとして勤務。
一九六六年（昭和四一年）　二三歳
一一月「夏の流れ」を『文学界』に発表、同作品により、第二三回文学界新人賞を受賞。
一九六七年（昭和四二年）　二四歳
一月、「夏の流れ」により第五六回芥川賞（一九六六年下期）を受賞。二三歳一ヵ月での受賞は二〇〇三年下期の綿矢りさ（一九歳一一ヵ月）に破られるまで史上最年少記録。三月、江商を退社、東京都世田谷区烏山に転居。五月、神谷富美子と結婚。七月、初の著書の小説集『夏の流れ』（「夏の流れ」・「雪間」・「その日は船で」を収録）を文芸春秋より刊行。

一九六八年（昭和四三年）二五歳

七月「正午《まひる》なり」を『文学界』に発表。八月、長野県下伊那郡阿智村に転居、長編小説『正午なり』を文芸春秋より刊行（七八年に、監督後藤幸一・主演金田賢一でATG映画化）。

一九六九年（昭和四四年）二六歳

三月、小説集『穴と海』（「穴と海」・「誰もいない町」・「雁風呂」・「有望な日々」・「日曜日は休息を」・「十年後の一夜」を収録）を文芸春秋より刊行。八月、長野市若槻団地に転居。一〇月、小説集『明日への楽園』（「明日への楽園」・「狭き魂の部屋」・「谷底」を収録）を新潮社より刊行。

一九七〇年（昭和四五年）二七歳

一〇月、書下し長編小説『朝日のあたる家』を講談社より刊行。

一九七一年（昭和四六年）二八歳

五月、小説集『黒暗淵の輝き』（「黒暗淵の輝き」・「夕べのラーガ」・「315号室」を収録）を新潮社より刊行。

一九七二年（昭和四七年）二九歳

一月、書下し長編小説『黒い海への訪問者』を新潮社より刊行。三月、『読売新聞』で連載エッセイ「『黒い海への訪問者』創作ノート」開始（翌月終了）。四月、小説集『薔薇のざわめき』（「薔薇のざわめき」・「僕たちの休日」・「血と水の匂い」・「解き放たれて」を収録）、五月、中短編集『新鋭作家叢書丸山健二集』（「夏の流れ」・「正午なり」・「明日への楽園」・「僕たちの休日」を収録）をいずれも河出書房新社より刊行。八月、長野県大町市平花見一〇四〇に転居。一二月、小説集『三角の山』（「三角の山」・「満月の詩」・「夜は真夜中」・「風の友」を収録）を文芸春秋より刊行。

一九七三年（昭和四八年）　三〇歳

五月「赤い眼」を『文学界』に翌年四月まで連載。五月、書下し長編小説『雨のドラゴン』を河出書房新社より刊行。

一九七四年（昭和四九年）　三一歳

三月、小説集『アフリカの光』（「アフリカの光」・「闇の中の黒犬」・「影のしたたり」・「ましらの肖像」を収録）を河出書房新社より刊行（翌年、表題作が監督神代辰巳・主演萩原健一で東宝映画化）。六月、長編小説『赤い眼』を文芸春秋より刊行。

一九七五年（昭和五〇年）　三二歳

一月、初のエッセイ集『走者の独白』を角川書店より刊行。

一九七六年（昭和五一年）　三三歳

四月、書下し長編小説『火山の歌』を新潮社より刊行。

一九七七年（昭和五二年）　三四歳

二月、小説集『サテンの夜』（「サテンの夜」・「牛と太鼓」・「稲妻の鳥」・「ひまわりの道」・「刺青の秋」を収録）を角川書店、三月、小説集『シェパードの九月』（「シェパードの九月」・「高原はまた黄金色」を収録）を文芸春秋、八月、エッセイ集『イヌワシ讃歌』を文芸春秋よりそれぞれ刊行。一一月、『朝日ジャーナル』で連載エッセイ「私だけの安曇野」開始（翌年三月終了）。

一九七八年（昭和五三年）　三五歳

一月、連作小説集『水に映す　丸山健二・12の短篇小説』（「海の鐘」・「チャボと湖」・「バス停」・「青色の深い帽子」・「雪の走者」・「水に映す」・「ペンフレンド」・「峠を越えて」・「鸞の昼下り」・「トライアルのテーマ」・「トカゲ色の耳飾り」・「焚火にしては」を収録）

を文芸春秋より刊行。六月、エッセイ集『私だけの安曇野』を朝日新聞社、小説集『砂のジープ』（「砂のジープ」・「チャンピオンの河」・「森まで追って」・「唐獅子のような犬」・「マラッカ海峡」・「滝」を収録）を角川書店、一一月、エッセイ集『風の、徒労の使者』（写真景山正夫）を集英社、エッセイ集『Azumino 1977』（写真景山正夫）を冬樹社よりそれぞれ刊行。バイクとジープでオーストラリア大陸を横断。

一九七九年（昭和五四年）　三六歳

九月、小説集『アラフラ海』（「アラフラ海」・「レッド・サンド・モーテル」・「オパール」・「死者」・「吊り橋を渡る」・「祭り」を収録）を文芸春秋より刊行。

一九八〇年（昭和五五年）　三七歳

五月、エッセイ集『群居せず』を文芸春秋、六月、エッセイ集『メッセージ　告白的青春論』を角川書店、九月、サファリ・ラリーを取材したエッセイ集『爆走オデッセイ 1980サファリ・ラリー』（写真景山正夫）を角川書店よりそれぞれ刊行。

一九八一年（昭和五六年）　三八歳

一月、エッセイ集『君の血は騒いでいるか　告白的肉体論』を集英社、五月、小説集『イヌワシのように』（「イヌワシのように」・「カラチ」・「海」・「月と花火」・「夜釣り」を収録）を集英社、六月、自動車とバイクによるヨーロッパ最北端を目指す4000キロの旅行に基づくエッセイ集『ミッドナイト・サン』（写真景山正夫）を小学館、七月、連作小説集『火山流転』（「火山」・「午前零時」・「スパンコールの雪」・「追憶の火山」・「緑のカーテン」・「火口湖の辺りで」・「雨の火山」・「火山、沈黙」・「寂滅の火山」・「夢の火山」を収録）を角川書店、一〇月、書下し長編小説『さらば、山のカモメよ』を集英社よりそれぞれ刊行。

一九八二年（昭和五七年）　三九歳
六月「ときめきに死す」を『新潮』に発表。九月、長編小説『ときめきに死す』を文芸春秋より刊行（八四年、監督森田芳光・主演沢田研二でヘラルド・エース＝にっかつ映画化）。一二月、エッセイ集『私だけの安曇野』を朝日新聞社より刊行。
一九八三年（昭和五八年）　四〇歳
四月、小説集『台風見物』（「台風見物」・「河」・「天翔ける農夫」・「ヒマラヤの青いケシ」・「霧と桜」を収録）を講談社より刊行。
一九八四年（昭和五九年）　四一歳
一月、エッセイ集『夜、でっかい犬が笑う』を文芸春秋刊。四月「雷神、翔ぶ」を『新潮』に発表。六月、ロッキー山脈を著者自身が撮影した写真を盛りこんだエッセイ集『流れて、撃つ　大西部、魂の旅』を集英社、七月、長編小説『雷神、翔ぶ』を文芸春秋よりそれぞれ刊行。
一九八五年（昭和六〇年）　四二歳
二月、エッセイ集『アルプス便り』、七月、小説集『踊る銀河の夜』（「踊る銀河の夜」・「毘沙門天ふたたび」・「舟で海に下る者」を収録）をいずれも文芸春秋より刊行。
一九八六年（昭和六一年）　四三歳
二月、エッセイ集『安曇野の強い風』、九月、小説集『月に泣く』（「鳥籠を高く」・「月に泣く」を収録）をいずれも文芸春秋より刊行。一一月「惑星の泉」を『新潮』に発表。
一九八七年（昭和六二年）　四四歳
五月、長編小説『惑星の泉』を文芸春秋より刊行。一〇月「さすらう雨のかかし」を『群像』に発表。
一九八八年（昭和六三年）　四五歳
二月、長編小説『さすらう雨のかかし』を文芸春秋より刊行。一〇月「水の家族」を『文学界』に発表。
一九八九年（昭和六四・平成元年）　四六歳

一月、長編小説『水の家族』、六月、『丸山健二自選短篇集』（「雪間」他四九編を収録）をいずれも文芸春秋より刊行。

一九九〇年（平成二年）四七歳

二月「野に降る星」を『文学界』に発表。五月、長編小説『野に降る星』を文芸春秋より刊行。

一九九一年（平成三年）四八歳

六月、『丸山健二自選中篇集』（「夏の流れ」・「狭き魂の部屋」・「正午なり」・「明日への楽園」・「解き放たれて」・「薔薇のざわめき」・「風の友」・「三角の山」・「アフリカの光」・「ひまわりの道」・「シェパードの九月」・「サテンの夜」・「高原はまた黄金色」・「イヌワシのように」・「台風見物」・「踊る銀河の夜」・「舟で海に下る者」・「月に泣く」を収録）、九月、エッセイ集『されど孤にあらず』をいずれも文芸春秋より刊行。

一九九二年（平成四年）四九歳

一月、文芸春秋七〇周年記念書下し文芸作品の長編小説『千日の瑠璃』上下巻を文芸春秋より刊行。一二月、『丸山健二エッセイ集成』全4巻を文芸春秋より刊行開始（翌年四月終了）。

一九九三年（平成五年）五〇歳

五月、書下し長編小説『見よ月が後を追う』を文芸春秋より刊行。

一九九四年（平成六年）五一歳

七月、エッセイ集『まだ見ぬ書き手へ』を朝日新聞社、『丸山健二全短編集成』全5巻を文芸春秋より刊行開始（同年一一月終了）。一一月、連作小説集『白と黒の十三話』（「また夜がきて」・「また虹が架かって」・「また風が吹いて」・「また当歳の駒が嘶いて」・「また尺八がすすり泣いて」・「また寒さがぶり返して」・「また鐘が鳴り響いて」・「また砂が乾いて」・「また潮が差して」・「また花が散って」・「また陽が洩れて」・「また秋が訪れて」・「また枝打ちの音が響いて」を収録）を文芸春秋より刊行。
一九九六年（平成八年）　五三歳
五月、新潮社創立一〇〇年純文学書下し特別作品の長編小説『争いの樹の下で』上下巻を新潮社より刊行。
一九九七年（平成九年）　五四歳
五月「ぶっぽうそうの夜」を『新潮』に六月まで連載。九月、長編小説『ぶっぽうそうの夜』を新潮社より刊行。
一九九八年（平成一〇年）　五五歳
七月「いつか海の底に」を『文学界』に発表。九月、長編小説『いつか海の底に』を文芸春秋より刊行。
一九九九年（平成一一年）　五六歳
五月、書下し長編小説『虹よ、冒瀆の虹よ』上下巻を新潮社より刊行。八月、『Sinra』（新潮社）で連載エッセイ「安曇野の白い庭」開始（翌年三月終了）。
二〇〇〇年（平成一二年）　五七歳
四月、初のガーデニング・エッセイ集『安曇野の白い庭』を新潮社、一〇月、エッセイ集『生者へ』を新潮社より刊行。一一月、書下し長編小説『逃げ歌』上下巻を講談社よりそれぞれ刊行。
二〇〇一年（平成一三年）　五八歳
九月、書下し長編小説『るりはこべ』上下巻を講談社より刊行。
二〇〇二年（平成一四年）　五九歳
五月、エッセイ集『夕庭』（写真萩原正美）を朝日新聞社、一二月、書下し長編小説『月は静かに』を新潮社よりそれぞれ刊行。
二〇〇三年（平成一五年）　六〇歳
三月、エッセイ集『ひもとく花』（作庭・写真共著者自身）、一〇月、書下し長編小説『銀の兜の夜』をいずれも新潮社より刊行、『オブラ』（講談社）で本人による作庭の写真を添えた連載エッセイ「安曇野発　ホワイト・ガーデン」開始（翌年八月終了）。

二〇〇四年（平成一六年）六一歳

六月、「主演：高倉健」と銘打たれた書下し長編小説『鉛のバラ』を新潮社より刊行。

（佐藤清文編）

著書目録

丸山健二

【単行本】

夏の流れ　昭42・7　文芸春秋
正午なり　昭43・8　文芸春秋
穴と海　昭44・3　文芸春秋
明日への楽園　昭44・10　新潮社
朝日のあたる家　昭45・10　講談社
黒暗淵の輝き　昭46・5　新潮社
黒い海への訪問者　昭47・1　新潮社
薔薇のざわめき　昭47・4　河出書房新社
三角の山　昭47・12　文芸春秋
雨のドラゴン　昭48・5　河出書房新社
アフリカの光　昭49・3　河出書房新社
赤い眼　昭49・6　文芸春秋
走者の独白　昭50・1　角川書店
火山の歌　昭51・4　新潮社
サテンの夜　昭52・2　角川書店
シェパードの九月　昭52・3　文芸春秋
イヌワシ讃歌　昭52・8　文芸春秋
水に映す　丸山健二・12の短篇小説　昭53・1　文芸春秋
私だけの安曇野　昭53・6　朝日新聞社
砂のジープ　昭53・6　角川書店
風の、徒労の使者（写真景山正夫）　昭53・11　集英社
Azumino 1977（写真景山正夫）　昭53・11　冬樹社
アラフラ海　昭54・9　文芸春秋

群居せず　昭55・5　文芸春秋
メッセージ　告白的青春論　昭55・6　角川書店
爆走オデッセイ1980　サファリ・ラリー（写真景山正夫）　昭55・9　角川書店
君の血は騒いでいるか　告白的肉体論　昭56・1　集英社
イヌワシのように　昭56・5　集英社
ミッドナイト・サン　新北欧紀行（写真景山正夫）　昭56・6　小学館
火山流転　昭56・7　角川書店
さらば、山のカモメよ　昭56・10　集英社
ときめきに死す　昭57・9　文芸春秋
私だけの安曇野　昭57・12　朝日新聞社
台風見物　昭58・4　講談社
夜、でっかい犬が笑う　昭59・1　文芸春秋
流れて、撃つ　昭59・6　集英社
大西部、魂の旅（写真丸山健二）
雷神、翔ぶ　昭59・7　文芸春秋
アルプス便り　昭60・2　文芸春秋
踊る銀河の夜　昭60・7　文芸春秋
安曇野の強い風　昭61・2　文芸春秋
月に泣く　昭61・9　文芸春秋
惑星の泉　昭62・5　文芸春秋
さすらう雨のかかし　昭63・2　文芸春秋
水の家族　平元・1　文芸春秋
野に降る星　平2・5　文芸春秋
されど孤にあらず　平3・9　文芸春秋
千日の瑠璃 上下　平4・1　文芸春秋
見よ月が後を追う　平5・5　文芸春秋
まだ見ぬ書き手へ　平6・7　朝日新聞社
白と黒の十三話　平6・11　文芸春秋
争いの樹の下で 上下　平8・5　新潮社
ぶっぽうそうの夜　平9・9　新潮社

いつか海の底に　平10・9　文芸春秋
虹よ、冒瀆の虹よ
　上下　平11・5　新潮社
安曇野の白い庭　平12・4　新潮社
生者へ　平12・10　新潮社
逃げ歌　上下　平12・11　講談社
るりはこべ　上下　平13・9　講談社
夕庭（写真萩原正美）　平14・5　朝日新聞社
月は静かに　平14・12　新潮社
ひもとく花
　（写真丸山健二）　平15・3　新潮社
鉛のバラ　平15・6　新潮社
銀の兜の夜　平15・10　新潮社
荒野の庭　平16・2　求龍堂

【全集】

丸山健二集
　（新鋭作家叢書）　昭47・5　河出書房新社
丸山健二自選短篇集　平元・6　文芸春秋
丸山健二自選中篇集　平3・6　文芸春秋
丸山健二エッセイ集
　成　全4巻　平4・12～5・4　文芸春秋
丸山健二全短篇集成
　全5巻　平6・7～11　文芸春秋
現代の文学36　昭47・11　講談社
筑摩現代文学大系95　昭52・12　筑摩書房
文学1978　昭53・4　講談社
芥川賞全集7　昭57・8　文芸春秋
戦後短篇小説選5　平12・5　岩波書店

【文庫】

夏の流れ・正午なり
　（解＝篠田一士）　昭48・7　講談社文庫
薔薇のざわめき
　（解＝利沢行夫）　昭51・6　角川文庫
穴と海（解＝利沢行夫）　昭51・8　角川文庫
明日への楽園　昭52・4　角川文庫

（解＝利沢行夫）
アフリカの光　昭53・6　角川文庫
（解＝利沢行夫）
雨のドラゴン　昭54・10　角川文庫
（解＝利沢行夫）
現代短編名作選8　昭55・3　講談社文庫
イヌワシ讃歌　昭57・2　文春文庫
シェパードの九月　昭57・9　文春文庫
私だけの安曇野　昭57・12　朝日文芸文庫
メッセージ　告白的青春論（解＝長濱治）　昭60・11　角川文庫
ときめきに死す（解＝川村二郎）　昭61・6　文春文庫
雷神、翔ぶ（解＝篠田一士）　昭63・8　文春文庫
群居せず　昭63・11　文春文庫
夜、でっかい犬が笑う　平3・3　文春文庫
千日の瑠璃　上下　平8・4　文春文庫
まだ見ぬ書き手へ　平9・6　朝日文芸文庫
争いの樹の下で　上下　平11・2　新潮文庫
ぶっぽうそうの夜　平12・11　新潮文庫
戦後短篇小説再発見1　平13・6　文芸文庫
虹よ、冒瀆の虹よ　上下　平15・8　新潮文庫
戦後短篇小説再発見14　平15・9　文芸文庫

（作成・佐藤清文）

初出一覧

夏の流れ	「文学界」	一九六六年一一月号
その日は船で	「文学界」	一九六七年七月号
雁風呂	「風景」	一九六八年五月号
血と水の匂い	「群像」	一九七〇年七月号
夜は真夜中	「季刊芸術」	一九七二年七月号
稲妻の鳥	「文芸春秋」	一九七四年一一月号
チャボと湖	「文学界」	一九七七年二月号

本書は、『丸山健二自選中篇集』（一九九一・六　文芸春秋）『丸山健二全短篇集成』第一～三巻（一九九四・七～九　文芸春秋）を底本としました。

夏《なつ》の流《なが》れ　丸山健二《まるやまけんじ》初期作品集《しょきさくひんしゅう》

丸山健二《まるやまけんじ》

二〇〇五年二月一〇日第一刷発行
二〇一七年八月二日第九刷発行

発行者――鈴木　哲
発行所――株式会社　講談社
東京都文京区音羽2・12・21　〒112-8001
電話　編集（03）5395・3513
販売（03）5395・5817
業務（03）5395・3615

デザイン――菊地信義
印刷――豊国印刷株式会社
製本――株式会社国宝社
本文データ制作――講談社デジタル製作

定価はカバーに表示してあります。

講談社
文芸文庫

ISBN4-06-198396-2

講談社文芸文庫

青木淳選——建築文学傑作選　青木 淳——解
青柳瑞穂——ささやかな日本発掘　高山鉄男——人／青柳いづみこ－年
青山光二——青春の賭け 小説織田作之助　高橋英夫——解／久米 勲——年
青山二郎——眼の哲学|利休伝ノート　森 孝一——人／森 孝一——年
阿川弘之——舷燈　岡田 睦——解／進藤純孝——案
阿川弘之——鮎の宿　岡田 睦——年
阿川弘之——桃の宿　半藤一利——解／岡田 睦——年
阿川弘之——論語知らずの論語読み　高島俊男——解／岡田 睦——年
阿川弘之——森の宿　岡田 睦——年
阿川弘之——亡き母や　小山鉄郎——解／岡田 睦——年
秋山 駿——内部の人間の犯罪 秋山駿評論集　井口時男——解／著者——年
芥川比呂志－ハムレット役者 芥川比呂志エッセイ選 丸谷才一編　芥川瑠璃子－年
芥川龍之介－上海游記|江南游記　伊藤桂一——解／藤本寿彦——年
阿部 昭——未成年|桃 阿部昭短篇選　坂上 弘——解／阿部玉枝他－年
安部公房——砂漠の思想　沼野充義——人／谷 真介——年
安部公房——終りし道の標べに　リービ英雄－解／谷 真介——案
阿部知二——冬の宿　黒井千次——解／森本 穫——年
安部ヨリミ－スフィンクスは笑う　三浦雅士——解
鮎川信夫・吉本隆明——対談 文学の戦後　高橋源一郎－解
有吉佐和子－地唄|三婆 有吉佐和子作品集　宮内淳子——解／宮内淳子——年
有吉佐和子－有田川　半田美永——解／宮内淳子——年
安藤礼二——光の曼陀羅 日本文学論　大江健三郎賞選評－解／著者——年
李 良枝——由煕|ナビ・タリョン　渡部直己——解／編集部——年
李 良枝——刻　リービ英雄－解／編集部——年
伊井直行——さして重要でない一日　柴田元幸——解／著者——年
生島遼一——春夏秋冬　山田 稔——解／柿谷浩一——年
石川 淳——紫苑物語　立石 伯——解／鈴木貞美——案
石川 淳——安吾のいる風景|敗荷落日　立石 伯——人／立石 伯——年
石川 淳——黄金伝説|雪のイヴ　立石 伯——解／日高昭二——案
石川 淳——普賢|佳人　立石 伯——解／石和 鷹——案
石川 淳——焼跡のイエス|善財　立石 伯——解／立石 伯——年
石川 淳——文林通言　池内 紀——解／立石 伯——年
石川 淳——鷹　菅野昭正——解／立石 伯——解

▶解＝解説　案＝作家案内　人＝人と作品　年＝年譜を示す。　2017年7月現在

講談社文芸文庫

石川啄木	石川啄木歌文集	樋口 覚――解／佐藤清文――年
石川啄木	雲は天才である	関川夏央――解／佐藤清文――年
石原吉郎	石原吉郎詩文集	佐々木幹郎―解／小柳玲子――年
伊藤桂一	静かなノモンハン	勝又 浩――解／久米 勲――年
井上ひさし	京伝店の烟草入れ 井上ひさし江戸小説集	野口武彦――解／渡辺昭夫――年
井上光晴	西海原子力発電所|輸送	成田龍一――解／川西政明――年
井上 靖	わが母の記 ―花の下・月の光・雪の面―	松原新一――解／曾根博義――年
井上 靖	補陀落渡海記 井上靖短篇名作集	曾根博義――解／曾根博義――年
井上 靖	異域の人|幽鬼 井上靖歴史小説集	曾根博義――解／曾根博義――年
井上 靖	本覚坊遺文	高橋英夫――解／曾根博義――年
井上 靖	新編 歴史小説の周囲	曾根博義――解／曾根博義――年
井伏鱒二	還暦の鯉	庄野潤三――人／松本武夫――年
井伏鱒二	点滴|釣鐘の音 三浦哲郎編	三浦哲郎――人／松本武夫――年
井伏鱒二	厄除け詩集	河盛好蔵――人／松本武夫――年
井伏鱒二	夜ふけと梅の花|山椒魚	秋山 駿――解／松本武夫――年
井伏鱒二	神屋宗湛の残した日記	加藤典洋――解／寺横武夫――年
井伏鱒二	鞆ノ津茶会記	加藤典洋――解／寺横武夫――年
井伏鱒二	釣師・釣場	夢枕 獏――解／寺横武夫――年
色川武大	生家へ	平岡篤頼――解／著者――年
色川武大	狂人日記	佐伯一麦――解／著者――年
色川武大	小さな部屋|明日泣く	内藤 誠――解／著者――年
岩阪恵子	淀川にちかい町から	秋山 駿――解／著者――年
岩阪恵子	画家小出楢重の肖像	堀江敏幸――解／著者――年
岩阪恵子	木山さん、捷平さん	蜂飼 耳――解／著者――年
内田百閒	[ワイド版]百閒随筆 I 池内紀編	池内 紀――解
宇野浩二	思い川|枯木のある風景|蔵の中	水上 勉――解／柳沢孝子――案
宇野千代 中里恒子	往復書簡	金井景子――解
梅崎春生	桜島|日の果て|幻化	川村 湊――解／古林 尚――案
梅崎春生	ボロ家の春秋	菅野昭正――解／編集部――年
梅崎春生	狂い凧	戸塚麻子――解／編集部――年
梅崎春生	悪酒の時代 猫のことなど ―梅崎春生随筆集―	外岡秀俊――解／編集部――年
江國 滋選	手紙読本 日本ペンクラブ編	斎藤美奈子―解
江藤 淳	一族再会	西尾幹二――解／平岡敏夫――案

江藤淳	成熟と喪失 ―“母”の崩壊―	上野千鶴子―解／平岡敏夫―案
江藤淳	小林秀雄	井口時男―解／武藤康史―年
江藤淳	考えるよろこび	田中和生―解／武藤康史―年
江藤淳	旅の話・犬の夢	富岡幸一郎―解／武藤康史―年
円地文子	朱を奪うもの	中沢けい―解／宮内淳子―年
円地文子	傷ある翼	岩橋邦枝―解
円地文子	虹と修羅	宮内淳子―年
遠藤周作	青い小さな葡萄	上総英郎―解／古屋健三―案
遠藤周作	白い人｜黄色い人	若林 真―解／広石廉二―年
遠藤周作	遠藤周作短篇名作選	加藤宗哉―解／加藤宗哉―年
遠藤周作	『深い河』創作日記	加藤宗哉―解／加藤宗哉―年
遠藤周作	[ワイド版]哀歌	上総英郎―解／高山鉄男―案
大江健三郎	万延元年のフットボール	加藤典洋―解／古林 尚―案
大江健三郎	叫び声	新井敏記―解／井口時男―案
大江健三郎	みずから我が涙をぬぐいたまう日	渡辺広士―解／高田知波―案
大江健三郎	懐かしい年への手紙	小森陽一―解／黒古一夫―案
大江健三郎	静かな生活	伊丹十三―解／栗坪良樹―案
大江健三郎	僕が本当に若かった頃	井口時男―解／中島国彦―案
大江健三郎	新しい人よ眼ざめよ	リービ英雄―解／編集部―年
大岡昇平	中原中也	粟津則雄―解／佐々木幹郎―案
大岡昇平	幼年	高橋英夫―解／渡辺正彦―案
大岡昇平	花影	小谷野 敦―解／吉田凞生―年
大岡昇平	常識的文学論	樋口 覚―解／吉田凞生―年
大岡信	私の万葉集一	東 直子―解
大岡信	私の万葉集二	丸谷才一―解
大岡信	私の万葉集三	嵐山光三郎―解
大岡信	私の万葉集四	正岡子規―附
大岡信	私の万葉集五	高橋順子―解
大岡信	現代詩試論｜詩人の設計図	三浦雅士―解
大西巨人	地獄変相奏鳴曲 第一楽章・第二楽章・第三楽章	
大西巨人	地獄変相奏鳴曲 第四楽章	阿部和重―解／齋藤秀昭―年
大庭みな子	寂兮寥兮	水田宗子―解／著者―年
大原富枝	婉という女｜正妻	高橋英夫―解／福江泰太―年
岡田睦	明日なき身	富岡幸一郎―解／編集部―年